Angie Pfeiffer

Ruhrpott Pärchen

Angie Pfeiffer

Ruhrpott Pärchen

Roman

Deutsche Erstausgabe
1. Auflage,
© 2017 by Angie Pfeiffer
Der Roman ist 2009 unter dem Titel
‚Ruhrpottliebe'
veröffentlicht worden
Covergestaltung p-hoch3
Alle Rechte vorbehalten
Herstellung und Verlag:
BoD - Books on Demand,
Norderstedt
Printed in Germany
ISBN: 9783 743 1754 26

1974

„... und du kommst ganz bestimmt? Fest versprochen?" Annerose klang völlig aufgelöst, was zum einen an der schlechten Telefonverbindung und zum anderen an ihrem Zustand lag. Elisa versuchte, beruhigend zu klingen.
„Ja klar komme ich, das habe ich dir schon ein Dutzend Mal gesagt. Schließlich heiratet man nur einmal im Leben."
„Eben, mein Brautkleid ist ein Traum, du wirst es sehen. Ich bin so aufgeregt", das hätte Annerose nicht extra betonen müssen. Seit sie Elisa vor einiger Zeit erzählt hatte, dass sie und Mario heiraten würden, schwankte sie permanent zwischen Euphorie und Panik hin und her.
Annerose und Elisa kannten sich seit ihrer gemeinsamen Lehrzeit. Anne hatte ein Jahr später als Elisa mit der Ausbildung zur Bürokauffrau bei einem Opelhändler angefangen. Die beiden verstanden sich von Anfang an und wurden schnell Freundinnen. Hinzu kam, dass die Mädchen bald zwei miteinander befreundete Arbeitskollegen kennenlernten, die bereits ihre Lehre abgeschlossen hatten und als Gesellen in der Werkstatt arbeiteten.
Während es zwischen der blonden, vorwitzigen Annerose und dem bulligen Mario Meier gleich funkte, dauerte es einige Zeit und Über-

redungskunst, bis sich Elisa auf Marios besten Freund, Alfred Gimpel, einließ. Das lag weniger an seinem merkwürdigen Hausnamen, als an dem fehlenden zündenden Funken ihrerseits.
Obwohl Alfred ihr oft genug seine Liebe erklärte, erschien es Elisa so, als ob zwischen ihnen etwas fehlte. Sie hätte gar nicht ausdrücken können, woran es haperte, aber die große Liebe, die sie sich erträumt hatte, war hier offensichtlich nicht vorhanden.
So fiel es Elisa nicht schwer nach der erfolgreich abgeschlossenen Ausbildung Gelsenkirchen den Rücken zu kehren und zu ihrem Bruder nach Berlin zu ziehen. Peter war lange zur See gefahren, hatte sich dann aber in Berlin niedergelassen und arbeitete als Kellner in einem Restaurant am Kurfürstendamm. Da er bis dato nur ein möbliertes Zimmer bewohnte, mieteten die Geschwister eine Wohnung an.

Von Alfred hatte sie sich vor ihrer Übersiedelung nach Berlin getrennt und hörte nur noch ab und zu über Anne etwas von ihm. In letzter Zeit allerdings erzählte auch die Freundin nichts mehr. Elisa dachte kaum noch an ihn. Sie genoss in vollen Zügen ihre neu erworbene Freiheit und Unabhängigkeit.

Vor einiger Zeit war eine Karte von Annerose und Mario ins Haus geflattert.

Ihre Vermählung geben bekannt:
*** Annerose van der Heidt und Mario Meier***

Elisa sah die ganze Geschichte eher skeptisch. Sie wusste zwar, dass ihre beste Freundin nur zu gern von zu Hause ausziehen und so ihrem despotischen Vater entgehen wollte, aber deshalb gleich heiraten? So etwas kam für sie überhaupt nicht infrage. Es war für sie mühsam genug gewesen sich freizustrampeln.

In der Folgezeit warnte Elisa die Freundin oft genug davor vorschnell zu heiraten, denn schließlich war die angehende Braut erst siebzehn Jahre jung. Die ließ sich aber weder von ihrer Freundin, noch von den Formalitäten, die es wegen ihrer fehlenden Volljährigkeit gab, abschrecken. Sie war wild entschlossen, mit Mario vor den Altar zu treten.

„Herrlich! Endlich muss ich nicht mehr heimlich auf der Toilette rauchen, weil mein Vater sonst ausflippt. Ich muss nicht mehr alles essen, was auf den Tisch kommt und anschließend den Finger in den Hals stecken, damit ich mein Gewicht halte. Ich kann nach Hause kommen, wann ich möchte und niemand macht mir Vorschriften."

Elisa konnte nur hilflos mit dem Kopf schütteln. „Warum wartest du nicht, bis du achtzehn bist und ziehst dann einfach von zu Hause aus. Dann kannst du erst einmal allein wohnen und wirklich unabhängig sein. Einmal mit Mario verheiratet hast du wieder jemanden auf dem Hals, der dir Vorschriften macht."
Annerose ließ sich nicht beeindrucken. „Mario frisst mir aus der Hand, er würde mir niemals sagen was ich zu tun und zu lassen habe."
„Ja dann …" Elisa gab es auf, die Freundin umstimmen zu wollen und hörte sich geduldig alles an, was es über die anstehende Hochzeit zu erzählen gab.

***

Jetzt fuhr der Zug in den Gelsenkirchener Hauptbahnhof ein.
Elisa konnte sich noch gut an den Tag vor mehr als einem Jahr erinnern: Sie hatte im Zug in Richtung Berlin gesessen und nicht gewusst wie es weitergehen würde. Der Gedanke, nach dort hin zu übersiedeln war ihr spontan gekommen. Auf der Zugfahrt schlotterten ihr aus Angst vor der eigenen Courage die Knie. Doch bei der Ankunft wartete ihr Bruder bereits auf dem Bahnsteig, die Angst war wie weggeblasen. Peter hatte schon im Vorfeld alles organisiert, sodass die Geschwister sofort in die neue Wohnung einziehen konnten, die möbliert war.

Das Zusammenleben gestaltete sich problemlos, da Peter als Kellner meistens abends arbeitete, während seine Schwester tagsüber im Büro tätig war. Oft sahen sich die Geschwister nur zwischen Tür und Angel. Einerseits war das schön, weil Elisa tun und lassen konnte was sie wollte, andererseits fühlte sie sich oft allein. Zuweilen dachte sie mit Wehmut an ihren Gelsenkirchener Freundeskreis zurück. In Berlin kam sie sich viel anonymer vor, als das in ihrer Heimatstadt der Fall gewesen war. In letzter Zeit machte ihr einer von Peters Arbeitskollegen heftig den Hof. Sie traf sich oft mit ihm, obwohl sich auch hier die große Liebe nicht einstellen wollte.
„Wahrscheinlich liegt es an mir", sagte sie sich häufig. „Sicher erwarte ich zu viel und deshalb klappt es nicht mit der Liebe."

Inzwischen hatte der Zug gehalten, Elisa stieg aus und sah sich suchend um. Sie musste nicht lange schauen, denn ihr Vater kam mit ausgebreiteten Armen auf sie zu.
„Da bist du ja, Spatz!"
„Es ist schön wieder zu Hause zu sein, Papa. Wartest du schon lange?"
„Eine Weile, aber das ist überhaupt nicht schlimm." Er ließ seine Tochter los und griff nach ihrem Koffer. „Den nehme ich schon, der ist viel zu schwer für dich."

Auf der Fahrt nach Hause schwärmte Kalle von der neuen Wohnung.
„Du wirst es ja endlich selbst sehen, Spatz, die Wohnung ist nicht mit der Bude zu vergleichen, in der wir vorher gehaust haben. Sogar einen Balkon gibt es. Wir sind die ersten Mieter, das Haus ist nagelneu. Erstbezug ...", er ließ das Wort genießerisch über seine Zunge rollen und wiederholte es noch einmal. „Erstbezug! Selbst deine Mutter ist zufrieden. Seit unserem Umzug hat sie noch keine Herzprobleme gehabt, was kein Wunder ist, denn auch finanziell geht es steil bergan. Wir haben uns, wie du siehst, sogar wieder ein Auto zugelegt."
Kalle, schon mit fünfundvierzig Jahren Frührentner geworden, betrieb mit seiner Frau zusammen eine Trinkhalle, denn seine Rente war mehr als mickerig. Elisa grinste. Ihre Mutter brachte seit Jahren mit ihren eingebildeten Herzproblemen sämtliche Ärzte Gelsenkirchens zur Verzweiflung. Hinzu kam, dass sie, als Elisa zehn Jahre alt war, durch eine Fehlgeburt und den plötzlichen, frühen Tod ihrer Mutter völlig aus der Bahn geworfen wurde. Sie vernachlässigte sowohl sich als auch den Haushalt, ihren Mann und die Kinder. Zu allem Überfluss zog auch noch Adolf, ihr alkoholkranker Vater, in der jollenbeckschen

Wohnung ein, was zu schweren Auseinandersetzungen zwischen den Eheleuten führte.
Bald darauf eröffnete das Ehepaar eine Gastwirtschaft und jetzt war Ilse völlig überfordert. Anfangs hatte man eine Haushaltshilfe, die alle anfallenden Arbeiten erledigte, doch schnell fehlte das nötige Kleingeld. So kümmerte sich Elisa mehr oder weniger gut um den Haushalt. Ihr Bruder Peter war bereits mit sechzehn Jahren zur Handelsmarine gegangen. Er tauchte nur noch sporadisch zu Hause auf, sodass Elisa allein auf weiter Flur stand.
Doch daran wollte Elisa jetzt nicht denken. Sie tätschelte ihrem Vater den Arm.
„Na, dann scheinst du alles im Griff zu haben."

Wenig später hielt der alte VW-Käfer auf dem Parkplatz, der sich vor einem groß angelegten Plattenbau befand.
„Hier sind wir also. Ist es nicht ein fabelhaftes Haus."
„Es sieht toll aus", murmelte Elisa nicht gerade begeistert. Sie konnte es sich nicht vorstellen in einem solchen Wohnsilo zu leben.
„Du musst erst einmal mit reinkommen, es gibt sogar einen Fahrstuhl." Kalle stellte den Koffer ab und drückte auf den entsprechenden Knopf. Elisa folgte ihm in die Kabine, wo er ein paar Papierschnipsel aufsammelte.

„Ich bin hier der Hausmeister und für die Sauberkeit zuständig. Wir bekommen dafür einen Mietnachlass von fünfzig Mark! Monatlich!", erklärte Kalle, als er den Blick seiner Tochter bemerkte.
„Ach, und ihr müsst das gesamte Treppenhaus putzen? Was sagt Mutter dazu?", fragte Elise interessiert.
„Nein, nein, ich soll nur für Sauberkeit im Fahrstuhl sorgen, deine Mutter will mir sogar mithelfen", Kalle warf sich in die Brust. „Und ich habe eine Kurbel für den Notfall, falls der Fahrstuhl stecken bleibt, bringe ich sie zum Einsatz."
„Das ist toll", murmelte Elisa wenig begeistert. Insgeheim war sie froh, nicht mehr im elterlichen Haushalt zu wohnen, sonst hätte wohl sie für die Sauberkeit im Fahrstuhl sorgen müssen. Ihre Mutter hatte von jeher ein Talent zu delegieren.
Inzwischen waren Vater und Tochter vor der Wohnungstür angelangt. Kalle steckte den Schlüssel ins Schloss, kam aber nicht mehr dazu, sie zu öffnen, denn Ilse öffnete die Tür von innen und begrüßte ihre Tochter ungewöhnlich herzlich. „Es freut mich sehr, dass du dich endlich blicken lässt. Komm schon herein, ich will dir unsere neue Wohnung zeigen."

„Deine Mutter hat eine Menge neuer Möbel gekauft, sogar mein Lieblingssofa hat sie weggeschmissen, wo ich da so eine schöne Kuhle reingelegen habe", brummelte Kalle empört, während er Mutter und Tochter hinterher trottete.

***

„Hübsch siehst du aus, Spatz. Pass mal gut auf dich auf", Kalle sah seine Tochter bewundernd an, die sich einmal um die eigene Achse drehte.
„Möchtest du nicht mitkommen und alle Jungen, die sich für mich interessieren verscheuchen? So wie früher", fragte Elisa grinsend.
Allerdings war es, als sie ins mannbare Alter kam schwer ihren Vater davon zu überzeugen, dass nicht jeder junge Mann nur das Eine wollte. Kalle versuchte wie eine Glucke über sie zu wachen und schlug so manchen Bewerber in die Flucht. Leider war es ihm nicht immer gelungen, seine Tochter vor allem Schlimmen zu bewahren, denn Elisa musste eine Vergewaltigung über sich ergehen lassen. Sie hatte aus Scham und Verletztheit nie darüber gesprochen und den Vorfall mehr oder weniger verdrängt. Nur Ilse wusste davon, sprach aber nie über die Vorkommnisse.

Elisa schüttelte die unerfreulichen Gedanken ab, denn jetzt sollte es zu Annerose und Marios Hochzeit gehen.
„Darf ich ihnen in die Stola helfen, schöne Frau?" Galant legte ihr Kalle das selbstgehäkelte Teil um die Schultern. Elisa hakte sich bei ihm unter. „Dann wollen wir mal."

„Soll ich dich nachher nicht lieber abholen? Wir haben doch jetzt ein Telefon. Du kannst mich zu jeder Zeit anrufen, ich bin unter Garantie wach", fragte der besorgte Vater, als er seine Tochter vor der Kirche absetzte, wo sich die Hochzeitsgesellschaft bereits versammelte. Wieder musste Elisa grinsen. „Das fehlt mir noch. Danke, Papa, es ist wirklich nett von dir, aber ich nehme mir einfach ein Taxi oder ich lasse mich von einem der schnuckeligen jungen Männer, die ohne Zweifel an meinem Tisch Schlange stehen werden, nach Hause fahren", fügte sie nach einem boshaften Blick auf ihren Vater hinzu.
Der reagierte prompt. „Ich versohle dir gleich den Hintern, du freche Kröte! Mach mir die Jungen nicht verrückt." Mit einem Winken machte sich Kalle auf den Heimweg, während sich seine Tochter zu den Hochzeitsgästen gesellte.
„Hallo, Rosemarie", begrüßte sie Anneroses ältere Schwester.

„Hi Elisa. Schönes Kleid, das du da anhast. Rot steht dir, aber diese Stola ... Da fällt mir ein, das ist Klaus, meinen Mann."
„Du eine Ehefrau?", fragte Elisa erstaunt. Die Spitze überhörte sie geflissentlich. „Das ist mir ganz neu. Herzlichen Glückwunsch nachträglich."
Von der Hochzeit ihrer Schwester hatte Annerose nichts erzählt. Gut, die Schwestern verstanden sich nicht so besonders, trotzdem hätte sie das Ereignis wenigstens erwähnen können. Rosemarie zuckte mit den Schultern. „Meine kleine Schwester ist manchmal etwas komisch. Das siehst du daran, dass weder du noch ich zu den Trauzeugen gehören. Das managt alles Marios Familie", mit einem ironischen Grinsen fuhr sie fort. „Aber jetzt lasst uns in die Kirche gehen, um dem großen Ereignis beiwohnen."
Irritiert von dem bösartigen Kommentar schaute Elisa sie an, folgte dem Paar aber in die Kirche, wo die Hochzeitsgesellschaft zum größten Teil schon Platz genommen hatte.
Zu den feierlichen Klängen der Orgel betrat das Brautpaar die Kirche. Elisa hielt die Luft an, denn Anne war eine wunderschöne Braut. Sie strahlte so viel Liebe und Lebensfreude aus, dass sie alle Blicke auf sich zog und man den schlecht frisierten Mario, der sich zu allem

Überfluss nicht einmal rasiert hatte, völlig übersah.
Während der Trauung folgte Elisa mechanisch der Gottesdienstordnung und träumte ansonsten vor sich hin. Wie hübsch Anne doch aussah. Elisa wünschte ihr alles Glück der Welt. Insgeheim sehnte sie sich nach ihrem Traumprinzen, aber der wollte sich so gar nicht einstellen. Der ständige Ehekrieg der Eltern und die schlimmen Erfahrungen, die sie hatte machen müssen taten ein Übriges. Sie hatte ihre Jungmädchenträume schon lange ad acta gelegt.
Die Messe ging erstaunlich schnell vorbei. Man begab sich zum Mittagessen in eine nahe gelegene Gaststätte. Hier hatte Elisa endlich Gelegenheit ihre Freundin einen Moment in den Arm zu nehmen und ein paar Worte allein mit ihr zu wechseln.
„Ich hoffe du bist glücklich, meine Kleine. Du bist die allerschönste Braut der Welt. Mario hat ein sagenhaftes Glück. Du bist viel zu gut für ihn."
Annerose strahlte. „Hör auf, Mario ist in Ordnung und der Richtige für mich. Ich liebe ihn und er betet mich an. Aber sag mal, du bist doch immer noch solo, nicht wahr?"
Elisa runzelte die Augenbrauen. „Ja sicher, das weißt du doch. Ich habe keinen festen Freund und ich möchte auch zurzeit keinen."

Die Braut lächelte geheimnisvoll. „Na, dann lass dich überraschen."
Bevor Elisa sie nach dem Sinn ihres mysteriösen Ausspruchs fragen konnte, entschwebte die Braut in einer Wolke von Tüll.
Die verwirrte Freundin ging wieder an ihren Tisch, an dem auch Rosemarie und Klaus saßen. Jetzt allerdings hatte sich ein verspäteter Gast zu ihnen gesellt, der auf Elisas Platz saß und ihr den Rücken zuwandte.
„Entschuldigung, das ist eigentlich mein ...", sie verstummte abrupt, denn der Mann hatte sich zu ihr umgedreht und feixte über das ganze Gesicht.
„Hallo, Perle."
Elisa stand wie vom Donner gerührt. „Alfred Gimpel! Was machst du denn hier?"
Der Angesprochene schaute sie belustigt an. „Rate mal. Was könnte ich hier wohl machen? Vielleicht die Hochzeit meines besten Freundes feiern?"
Elisa konnte es nicht glauben. Anne, dieses kleine, intrigante Biest, hatte mit keinem Wort erwähnt, dass auch Alfred an der Hochzeit teilnehmen würde. Obwohl - auf den Gedanken hätte sie auch von allein kommen können, denn schließlich war er wirklich der beste Freund des Bräutigams.

Nach der ersten Schocksekunde freute Elisa sich ihren Exfreund nach so langer Zeit wiederzusehen. Sie strahlte ihn an.
„Wie geht es dir? Warum kommst du so spät? Du bist zurzeit beim Bund, nicht wahr? Wo bist du denn stationiert? Bist du schon befördert worden? Hast du eigentlich eine Freundin?"
„Stopp", rief Alfred lachend. „Eins nach dem anderen. Dass ich beim Bund bin weißt du. Ich habe mich für zwei Jahre verpflichtet, bin Gefreiter und in Norddeutschland stationiert. Deshalb komme ich auch später, bei der Bundeswehr kann man halt nicht immer wie man möchte. Ich hatte bis vor kurzem eine Freundin, mit der ich aber Schluss gemacht habe. Das erzähle ich dir vielleicht mal, wenn wir allein sind." Hier musste Alfred erst einmal Luft holen, denn das war eine ungewohnt lange Rede für ihn, der eher von der schweigsamen Art war. „So, jetzt bist du dran", fügte er nach einer kurzen Pause an. „Wie geht es dir so in Berlin?"
„Gut", Elisa kam nicht dazu mehr zum Erzählen, denn Rosemarie, die den Neuankömmling neugierig gemustert hatte, mischte sich ein.
„Hey, ihr zwei, die Köpfe könnt ihr später noch zusammenstecken. Jetzt wollen wir der Rede des Brautvaters lauschen und dann darf

getanzt werden. Alfred, der erste Tanz ist ja wohl für mich, oder."
Wirklich hatte sich Anneroses Vater erhoben, um eine Rede zu halten. Elisa lächelte Alfred zu.
„Wir sprechen uns noch."
„Versprochen?"
„Ja, ganz großes Ehrenwort!"

Es wurde eine rundherum schöne Hochzeitsfeier. Wenn sich Rosemarie auch nach Kräften, und sehr zum Missfallen ihres Ehemannes bemühte, Alfreds Aufmerksamkeit auf sich zu ziehen, so hatte er doch nur Augen für seine Exfreundin.
Das Brautpaar, welches sich zwischendurch kurz zu ihnen gesellte, wechselte einen bedeutungsvollen Blick. Beide grinsten über das ganze Gesicht, denn die Überraschung war ihnen wirklich gelungen.

Nach Ende der Feier stieg Elisa wie selbstverständlich zu Alfred ins Auto, um sich von ihm nach Hause bringen zu lassen.
Vor der Haustür stellte er den Motor ab und nahm sie in den Arm.
„Das wollte ich den ganzen Abend schon", murmelte er und küsste sie zärtlich.
Elisa erwiderte seinen Kuss und er fühlte sich einfach schön und vertraut an.

Nach einer Weile ließ Alfred sie los. „Wir sehen uns morgen?", fragte er.
„Ja, ich bin noch die ganze Woche hier."
„Gut, dann hole ich dich morgen Nachmittag ab und wir frischen die alten Erinnerungen wieder auf. Ich freue mich."

1975

Elisa bereitete sich vor: Heute sollte sie ihren zukünftigen Schwiegereltern vorgestellt werden und war entsprechend aufgeregt. Während sie sich die Haare zu einer modischen Innenrolle föhnte, ließ sie das letzte halbe Jahr noch einmal Revue passieren.

Nach Anneroses Hochzeit hatten sie und Alfred sich öfter getroffen. Er besuchte sie so oft wie möglich in Berlin, und wenn ihr Bruder Peter auch nicht begeistert war, so tolerierte er den neuen Freund doch. Alfred gab sich alle Mühe, um Elisa zu gefallen, war zärtlich, zuvorkommend, ging auf alle ihre Launen ein. Er brachte ihr sogar hin und wieder Blumen mit, was so gar nicht seinem Naturell entsprach.
Einmal hatten sich die Neuverliebten in Hamburg getroffen und dort ein tolles Wochenende verbracht, wobei sich auch das frischgebackene Ehepaar einklinkte. Es war wie in alten Zeiten: Annerose und Elisa unterhielten sich über Gott, die Welt und die neuste Schuhmode, während Mario und Alfred sich überlegten, wie sie ihre Autos tunen konnten.
„Wenn du in Gelsenkirchen wohnen würdest, dann können wir uns viel öfter sehen, wäre das nicht schön?" Alfred versuchte ihr mit allen Mitteln den Umzug schmackhaft zu machen

und auch Annerose redete diesbezüglich auf die Freundin ein.

Elisa überlegte hin und her. Einerseits fühlte sie sich in Berlin ganz wohl, konnte tun und lassen, was sie wollte, niemand mischte sich ein. Zudem verstand sie sich gut mit ihrem Bruder, die Wohngemeinschaft funktionierte einwandfrei. Andererseits vermisste sie ihren Freundeskreis, besonders die beste Freundin fehlte. Hinzu kam, dass Alfred niemals aus dem Ruhrgebiet weggehen würde, jedenfalls nicht längerfristig. Er hatte sich sehr zu seinem Vorteil verändert, so wie er sich jetzt gab, gefiel er ihr wirklich gut. Sie war versucht, im Zusammenhang mit ihm an Liebe zu denken.

Letztendlich gab ihr Bruder den Ausschlag. Peter machte ihr klar, dass er nie vorgehabt hatte für immer in Berlin zu bleiben. Auch er plante, sich über kurz oder lang in der alten Heimat niederzulassen.

Einmal entschlossen fackelte Elisa nicht lange. Eine kleine Mansardenwohnung und ein Bürojob in der Arbeitsvorbereitung einer Maschinenfabrik in Gelsenkirchen Schalke waren schnell gefunden. Der Umzug verlief reibungslos. Viel war sowieso nicht einzupacken. Ihr Vater richtete mit Elisa zusammen die neue Wohnung her und sponserte die Küchenein-

richtung. Kalle war nicht begeistert vom neuen und alten Freund seiner Tochter.
„Hätte ich dich nach der Hochzeit mal abgeholt, wie ich es vorhatte. Spatz, ich glaube der Gimpel ist nicht der Richtige für dich. Das habe ich schon gedacht, als er mit den mickerigen Blumen auf dem Geburtstag deiner Mutter aufgetaucht ist."
Alfred hatte Elisas Mutter ganz zu Anfang ihrer Beziehung zum Geburtstag mit einem ziemlich ramponierten Blumenstrauß aus dem Automaten beglückt. Damit konnte er zwar bei der Mutter punkten, den Vater machte er aber eher misstrauisch.
„Aber Papa, er hat sich so verändert."
Ihr Vater blieb kritisch. „Wirklich verändern wird sich ein Mann niemals, das muss ich schließlich am besten wissen …"

Ein paar Wochen nach ihrem Umzug überraschte Alfred sie mit einem Verlobungsring, den er ihr, ganz der Romantiker, an einer roten Ampel über den Finger streifte. „Wollen wir uns verloben?", war sein einziger Kommentar, dann wurde die Ampel auch schon grün und er trat das Gaspedal durch. Elisa wusste im ersten Moment nicht was sie sagen sollte. So akzeptierte sie den Ring einfach wortlos.
Während ihre Mutter mit Begeisterung reagierte, stieß sie bei ihrem Vater und ihrem

Bruder auf eisige Ablehnung. „Wie kannst du dich mit diesem Gimpel verloben, weiß du überhaupt, was du tust?"
„Die Welt ist voller Männer und du musst unbedingt DEN komischen Vogel anschleppen!"
Diese und ähnliche Kommentare musste sich Elisa in der Folgezeit anhören.
Annerose und Mario allerdings fühlten sich ganz als Ehestifter und hätten am liebsten Standing Ovation zu der Verlobung geleistet.

Die Haare waren längst trocken, Elisa fixierte die Innenrolle mit einem ordentlichen Haarspraynebel. Die Frisur sollte schließlich den Antrittsbesuch bei den zukünftigen Schwiegereltern überstehen. Etwas seltsam kam es ihr schon vor, dass Alfred sich so viel Zeit gelassen hatte, ehe er sie seiner Familie vorstellte. Schließlich waren sie beide nun schon eine ganze Weile verlobt. Elisa zuckte mit den Schultern. Er schien seine Gründe dafür zu haben.
Strahlend verließ sie das Badezimmer und drehte sich vor Alfred, der nervös auf einer Sofakante hockte, im Kreis. „Na? Was meinst du?"
„Dein Röckchen ist schon ziemlich kurz", murmelte er.
Elisa stutzte. Sonst hatte er nichts gegen kurze Röcke einzuwenden. Wahrscheinlich machte

er sich einfach zu viele Gedanken über das anstehende Treffen und so ignorierte sie seine Bemerkung.

***

„Mein Vater ist blond, meine Mutter hat lange dunkle Haare", so hatte Alfred seine Eltern beschrieben. Also stellte sich Elisa ein nettes Pärchen mittleren Alters vor und war jetzt völlig überrascht. Die Frau, die ihr die Tür öffnete entsprach so gar nicht ihren Erwartungen. Käthe Gimpel war groß, grobknochig und hatte strähnige, dunkle Haare, die offensichtlich noch nie von einem Profi in Form gebracht worden waren. Mitten auf dem Kopf steckten ein paar völlig überforderte Kämmchen, die sich abmühten, die Haarpracht irgendwie aus dem Gesicht zu halten. Um die Karikatur zu vervollständigen, trug Alfreds Mutter einen Polyesterpullover und dazu einen rosa Kittel, der den Zwickel ihrer Strumpfhose nur knapp verbarg.
„Guten Tag, sie sind wohl Freddys neueste Freundin", sagte sie und gab Elisa kurz die Hand.
„Nein Mama, wir sind verlobt", korrigierte Alfred sie verlegen.
„Ah-ja, kommen sie herein."
Elisa betrat zögernd die Wohnung und wurde von der geballten Gimpelpräsenz fast erschla-

gen. Im Wohnzimmer saß nicht nur Alfreds Vater Gustav sondern auch noch seine Schwestern Lara, Sylvia und Carmen.

„Wenigstens haben die Töchter nicht alle einen rosa Kittel an", dachte Elisa amüsiert. Sie ließ sich ohne Aufforderung in einen Sessel sinken, wobei sie bemerkte, dass Vater Gimpel interessiert ihre Beine musterte. Auch Alfreds Schwestern musterten sie, aber weniger wohlwollend als der Vater.

Alfred räusperte sich. „Das ist also meine Verlobte."

Schweigen.

Endlich meldete sich eine der Schwestern, in diesem Fall Sylvia, zu Wort. „Du hast doch letzte Woche gesagt, dass du niemals heiraten willst. Wieso hast du dich dann verlobt?"

Lara, die Älteste führte den Gedanken weiter aus. „Musst du heiraten? Ist deine Freundin schwanger?"

Erleichtert bemerkte Elisa, dass wenigstens die jüngste der Schwestern sich nicht zum Thema äußerte, sondern weiter dümmlich grinste.

Wieder räusperte sich Alfred, aber bevor er etwas sagen konnte, meldete sich seine Verlobte zu Wort.

„Ich weiß ja nicht, was euch euer Bruder erzählt hat, aber ich bin definitiv nicht schwanger und würde deshalb auch nicht heiraten. Ich liebe Alfred, und das ich für mich der einzige

Grund um mit ihm zusammen zu sein. Jetzt sind wir erst einmal verlobt. Über das Heiraten haben wir uns noch keine Gedanken gemacht."
Diese Erklärung brachte ihr einen dankbaren Blick des völlig überforderten Bruders ein. Vater Gustav rettete die Situation, indem er seine Frau aufforderte, endlich den „verdammten Kaffee" zu kochen.
Während Kittel-Käthe in die Küche huschte, erzählte Lara, die älteste Tochter, von ihrer Hochzeit. Sie war mit Roland, einem Bauarbeiter, liiert gewesen, der vor gut zwei Jahren eine Montagetätigkeit in Bayern ausübte.
„Was soll ich sagen, der Roland war so spitz, als er von der Montage nach Hause kam, da haben wir's ohne Pariser gemacht und – rums bums – schon war ich schwanger."
Hier schaute sie kurz ihren Vater an, der zu ihren Ausführungen düster nickte. „Wo ich doch immer wollte, dass du eine Tänzerin wirst, und dann so was."
Diese Bemerkung Gustavs wurde von dem unterdrückten Gekicher der beiden anderen Schwestern begleitet.
„Jedenfalls", fuhr die verhinderte Tänzerin fort, „wollte der Roland sofort mit Papa sprechen und um meine Hand anhalten, aber ich habe ihm das verboten. Ich habe ihm gesagt, dass mein Vater leicht wütend wird. Ich hatte

ernsthaft befürchtet, dass Papa ihm an die Kehle geht."
Gebrummel von Gustav, Gekicher von den Schwestern.
„Ich habe mich aber nicht so richtig getraut mit Papa zu reden und wir haben erst einmal das Aufgebot bestellt."
Hier unterbrach Elisa sie. „Und deine Mutter? Hast du ihr von der Schwangerschaft erzählt?"
Lara verdrehte die Augen. „Wenn ich daran denke, wo mir die Mutti immer wenn ich das Haus verlassen habe hinterher geschrien hat, ich soll bloß aufpassen, damit ich nicht dick werde."
„Ist ja auch wahr, du blöde Kuh!" Inzwischen hatte sich Käthe wieder zur übrigen Familie gesellt.
Lara ließ sich nicht beeindrucken und erzählte weiter: „Wir haben also die Hochzeit geplant, bei Rolands Eltern, die wohnen in einem Zechenhaus mit einem großen Garten. Roland dachte wohl, dass ich mit Papa geredet hätte, und wunderte sich, dass mein Vater weiterhin nett zu ihm war."
Wieder Gebrummel aus Gustavs Ecke, Gekicher vom Sofa.
„Am Abend vor der Hochzeit habe ich dann den Stier bei den Hörnern gepackt. Papa, habe ich gesagt, morgen heirate ich und du bist herzlich eingeladen. Zuerst hat mein Vater still

dagesessen, dann hat er den Mund aufgemacht, und weil er sowieso schon knallrot angelaufen war, habe ich ihm auch gleich erzählt, dass ich schwanger bin."
„Und dann", fragte Elisa fasziniert.
„Dann bin ich schnell rausgegangen und habe bei Rolands Eltern übernachtet."
„Was ich wirklich wissen möchte ist, ob sie an der Hochzeit teilgenommen haben, Herr Gimpel", sprach Elisa den leidgeprüften Vater an.
„Na ja", brummelte Gustav. „Ich habe auf den Schreck hin eine ganze Flasche Pernod ausgetrunken, fast auf ex. Am nächsten Morgen war ich noch so besoffen, dass ich nicht so richtig mitgekriegt habe, um wessen Hochzeit es sich überhaupt handelt."
Er wies mit einem Kopfnicken auf seinen Enkelsohn, der ungerührt in einer Ecke des Wohnzimmers saß und mit seinen Legosteinen spielte. „Wenigstens ist der Bengel ganz gut geraten …"
Elisa wusste nicht, ob sie laut lachen, oder sich über diese seltsame Familie wundern sollte. Alfred hätte sie wirklich vorwarnen können, fand sie.
Der Kaffee bewahrte sie davor, einen Kommentar abgeben zu müssen und das war auch besser so.

***

„Wie du jetzt bestimmt gemerkt hast, ist mein Vater ziemlich seltsam. Als wir noch klein waren, mussten wir bei Verwandtenbesuchen immer unter dem Tisch sitzen", erzählte Alfred auf der Rückfahrt.
Elisa sah ihn erstaunt an. „Ich verstehe nicht ganz."
„Ganz einfach, wir haben die Oma oder eine Tante besucht und mein Vater hat uns Kinder unter den Tisch gescheucht, kaum dass wir die Wohnung betreten hatten. Da mussten wir meist so lange sitzen bleiben, bis es wieder nach Hause ging."
„Musstet ihr auch unter dem Tisch essen?", fragte Elisa belustigt. Sie konnte diese Geschichte im ersten Moment gar nicht glauben.
„Sicher haben wir unter dem Tisch gegessen und wehe wir haben uns gemuckt", Alfred redete sich in Rage. „Du kannst dir nicht vorstellen, wie jähzornig mein Vater werden kann. Er hat mich mehr als einmal ganz fürchterlich geschlagen, als ich ein Kind war. Das war oft so heftig, dass ich mich vor lauter Horror nass gemacht habe. Einmal hat er mein Spielzeug zertreten, weil ich ihm zu laut war."
„Oh, Alfred, ich weiß gar nicht, was ich sagen soll! Unter dem Tisch sitzen wie ein Hund und geschlagen werden, das ist ja ganz schlimm! Kein Wunder, dass du kaum ein Wort mit dei-

nem Vater wechselst. Hast du deshalb so lange gezögert, bis du mich deinen Eltern vorgestellt hast?"

„Ja, zum Teil schon. Jedenfalls was meinen Vater anbetrifft, aber die Mutti ist eine tolle Frau, nicht wahr?"

Elisa schaute ihn ungläubig an, Kittel-Käthe eine tolle Frau? „Deine Mutter hat aber doch zugelassen, dass dein Vater dich geschlagen hat, oder?"

Diese Bemerkung hätte sie lieber nicht machen sollen, denn Alfred wurde sofort laut.

„Sag bloß nichts gegen meine Mutti, die hat überhaupt nichts machen können! Was weißt du denn schon." Er schien zu merken, dass er zu weit gegangen war, denn er legte Elisa die Hand auf das Knie und strich sanft an ihrem Bein entlang. „Nichts für ungut, aber ich mag es nicht, wenn jemand schlecht über meine Mutter redet. In meiner Familie gibt es nur drei kluge Leute. Mutti, meine Schwester Sylvia, denn sie hat eine abgeschlossene Verkäuferinnenlehre und mich."

„Ich finde deine Schwester Lara ganz knuffig", wagte Elisa einen zaghaften Einwurf.

Alfred blitzte sie von der Seite an. „Die blöde Kuh! Die hat sich von dem dämlichen Wieland einfach anbumsen lassen! Macht einfach so ohne Pariser rum und kriegt ein Blag …"

Elisa glaubte, ihren Ohren nicht zu trauen. Sie beschloss, es erst einmal gut sein zu lassen und sich nicht weiter mit Alfred über seine Familie zu unterhalten. Schließlich musste sie die Begegnung mit dem Gimpelclan und das eben Gehörte selbst erst verdauen. „Dabei habe ich immer gedacht, die Jollenbecks wären eine kaputte Familie", murmelte sie.

Annerose konnte Elisas späterer Bericht über den ersten Besuch bei ihren Schwiegereltern in spe nicht schocken. „Was meinst du, wie es in Marios Familie abgeht", erklärte sie trocken. „Letzte Woche ist seine fette Mutter an meinem Arbeitsplatz erschienen und hat mir einen Karton mit Dosensuppen auf den Schreibtisch geknallt. Sie meinte, ihr Sohn sähe so unterernährt aus, seit er mit mir verheiratet wäre."
„Und? Hast du den kleinen Mario auch brav damit gefüttert?", fragte Elisa amüsiert.
„Den Teufel hab ich. Der haut mir die Suppenkelle um die Ohren, wenn ich ihm was aus der Dose vorsetzte. Ich habe das Zeug gleich im Müllcontainer der Firma entsorgt."
Annerose seufzte. „So habe ich mir das nicht vorgestellt. Marios Mutter meint, dass ich in jeder Hinsicht keine Ahnung habe und mein Mann gibt ihr fast immer recht."
„Dann hättest du ihm die Dosensuppe auch zu essen geben sollen, schließlich kam sie von

Mutti. Ich glaube auch in der Hinsicht ähneln sich unsere Männer. Alfred hält große Stücke auf seine Mutter, was ich einerseits toll finde, andererseits aber nicht nachvollziehen kann. Seine Mutter ist eine unhöfliche, dümmliche Person, die in einem Kittel herumläuft und noch nie im Leben einen Frisiersalon von innen gesehen hat. Hinzu kommt, dass Gimpel Senior die Kinder oft böse verprügelt hat und sie offensichtlich damit einverstanden war, denn hat sie den Kindern nicht beigestanden."
Annerose sah, wie immer, alles positiv. „Wir müssen einfach abwarten, geduldig sein und daran arbeiten, dann kriegen wir unsere Männer schon dazu, ihre Mütter zu sehen, wie sie wirklich sind."
„Meinst du?"
„Ja klar", Annes zweiter Vorname schien Optimismus zu sein, „und jetzt zeige ich dir mal, was ich mir für eine tolle Handtasche gekauft habe!"

***

„Nächste Woche bringe ich meine Sachen vorbei und hänge sie in deinen Schrank."
Diese Worte, von Alfred geäußert, ließen Elisa erschreckt hochfahren. „Was meinst du damit?"
„Wir wollen doch sowieso bald heiraten und da kann ich ja auch gleich bei dir einziehen."

Während sie die Bemerkung über eine baldige Hochzeit geflissentlich überhörte, überlegte sich Elisa den Vorschlag. Alfred, der immer noch bei der Bundeswehr diente, hielt sich sowieso das ganze Wochenende bei ihr auf. Offiziell wohnte er zwar noch bei seinen Eltern, ließ sich dort aber kaum blicken. Verständlich, denn er teilte sich das Kinderzimmer mit zwei Schwestern. Lediglich Lara, die Älteste, war verheiratet und hatte einen eigenen Hausstand. Wenn Alfred nun bei ihr einzog, könnten sie sich die Miete teilen. Stören würde er nicht weiter, da er, in Norddeutschland stationiert, die Woche über in der Kaserne war und das noch für fast ein Jahr. Später würde man weiter sehen.
„Warum eigentlich nicht", antwortete sie deshalb zögernd. Dachte aber insgeheim, dass Alfred sie doch hätte ein bisschen netter fragen können, schließlich setzte er sich hier ins gemachte Nest.

Genau das bemängelte Kalle, als seine Tochter ihm und Ilse vom bevorstehenden Zusammenleben mit Alfred berichtete.
„Das passt dem Gimpel wohl gut in den Kram, was? An der Renovierung deiner Wohnung hat er sich nicht beteiligt, dazu war sich der Herr zu fein. Jetzt, wo alles fertig ist, will er sich dort breitmachen!"

„Aber Kalle, der nette junge Mann liebt unsere Tochter eben und möchte mit ihr zusammen sein", flötete Ilse beschwichtigend.

„Das er mit ihr zusammen sein möchte bezweifle ich überhaupt nicht, schließlich ist unsere Tochter ein bildschönes Kind", mit einem Seitenblick auf Elisa verstummte er abrupt, denn die funkelte ihn wütend an.

„Alfred hat überhaupt nicht vor mich auszunutzen. Er möchte mich gerne heiraten."

„Heiraten, ach ist dat schön", jetzt war Ilse gar nicht mehr zu bremsen. „Das Brautkleid bezahlen natürlich wir, aber dafür suche ich es aus. Den Polterabend bezahlen auch die Brauteltern ..."

„Halt, Mutter", Elisa bedauerte zutiefst, das H-Wort überhaupt ausgesprochen zu haben. „Ich will doch noch gar nicht heiraten. Es ist Alfred, der ständig davon redet. Wenn es so weit ist, könnt ihr das Brautkleid gerne bezahlen, aber aussuchen werde ich es mir selbst."

Ilse war nicht zu bremsen. „Dann muss ich unbedingt deine zukünftigen Schwiegereltern kennenlernen", und an Kalle gewandt. „Was meinst du, Karl? Sollte ich die Familie Gimpel einfach einmal besuchen?"

Der leidgeprüfte Ehemann legte ihr begütigend die Hand auf den Arm. „Bleib ganz ruhig, Liebes. Unsere Tochter wird uns rechtzeitig Bescheid geben, wenn sie wirklich heiraten möchte. Bis dahin solltest du alles auf dich zukommen lassen und nicht die Pferde scheu machen. Vielleicht lernt sie ja auch noch einen richtig netten jungen Mann kennen", setzte er hoffnungsvoll hinzu.

Elisa schaute ihn irritiert an, ging aber nicht auf seine Bemerkung ein. „Ich halte es nicht für eine gute Idee, die Gimpels einfach so zu besuchen, Mutter. Die Familie ist, hm, ja … etwas gewöhnungsbedürftig."

„Ich bin einiges gewöhnt, dein Vater hat mich im Leben schließlich nicht auf Rosen gebettet." Ilse konnte sich diesen Seitenhieb nicht verkneifen.

Kalle zuckte die Schultern, derartige Bemerkungen prallten von ihm ab. „Ja, Ilsekind, Rosen sind auch viel zu teuer. Nelken tun es auch."

„Jedenfalls ist es besser, wenn du mir vorher Bescheid gibst, falls du die Gimpels doch noch besuchen möchtest", mit diesen Worten schloss Elisa die Unterhaltung zu diesem Thema ab.

Alfred zog wenig später bei ihr ein, was nicht mehr bedeutete, als dass er seine restliche Kleidung in die frei geräumten Regale ihres Kleiderschranks sortierte. Hinzu kam eine Tüte mit schmutziger Wäsche und das war es auch schon.

Eigentlich blieb alles beim Alten. Er kam nach wie vor zum Wochenende nach Gelsenkirchen und auch das nicht regelmäßig.

***

An diesem Wochenende waren die Freundinnen Strohwitwen, denn beide Männer kamen über das Wochenende nicht nach Hause. Alfred schob Wache und sein Freund arbeitete auf der Baustelle. So nutzten Annerose und Elisa die Gelegenheit, um sich im Altstadtkaffee in der Innenstadt zu treffen und ein gemütliches Pläuschchen zu halten.

Prüfend musterte Elisa ihre Freundin, die nervös und abgespannt wirkte. „Du hast dich in letzter Zeit rargemacht. Geht es dir gut?"

„Ja, schon", kam es gedehnt zurück, während Annerose sich ein mühsames Lächeln abrang.

„Komm schon, was ist los? Mir kannst du nichts vormachen, dazu kennen wir uns schon zu lange. Hast du immer noch Probleme mit Marios Mutter? Ich dachte bisher, dass du sie eher komisch findest."

Annerose zündete sich eine Zigarette an und seufzte tief. „Es ist ja nicht nur Marios Mutter, auch er hat sich so verändert."

„Er hat einen neuen Job als Eisenstreicher, nicht wahr?"

„Ja, er verdient richtig viel Geld, aber die Arbeit ist auch gefährlich und stressig. Er ist die

Woche über auf Montage. Kommt er zum Wochenende nach Hause, dann ist er schlecht gelaunt und geht wegen jeder Kleinigkeit in die Luft. Man kann nichts mehr mit ihm unternehmen, er will bloß die ganze Zeit seine Ruhe haben. Ne schnelle Nummer schieben, fernsehen, pennen und rummeckern, mehr tut er nicht. Allein ausgehen soll ich nicht, sonst wird er aus Eifersucht zum wilden Tier. Ich bin heilfroh, dass er an diesem Wochenende nicht nach Hause gekommen ist."
Elisa runzelte die Stirn. „Vielleicht ist der Job zu viel für ihn. Es kann ja sein, dass er alles nicht auf die Reihe kriegt und das nicht zugeben möchte."
Annerose quetschte ihre Zigarette im Aschenbecher aus. „Er soll sich nicht so anstellen. Von dem, was er als Autoschlosser verdient hat, können wir uns nie ein Haus kaufen. Du weißt doch, dass mein Vater Wert auf Eigentum legt."
Einen Augenblick lang wusste Elisa nicht was sie sagen sollte. Sie mochte Annerose gern, aber zuweilen konnte sie die Freundin beim besten Willen nicht verstehen.
„Anne, wenn er mit seiner Arbeit nicht klarkommt, dann müsst ihr halt auf einiges verzichten. Euer Glück ist doch wichtiger, als es jedes Haus sein könnte. Ich denke du hast geheiratet, um endlich nicht mehr von deinem

Vater gegängelt zu werden. Jetzt lässt du dich schon wieder beeinflussen."
Elisa hatte offensichtlich einen Nerv getroffen, denn die Freundin funkelte sie wütend an.
„Du hast es nötig mir Ratschläge zu geben, du wirst ja selber so was von beeinflusst. Dir hat dein Freddy erzählt, dass er gerne bei dir einziehen und dich heiraten möchte, dabei war er zu Hause rausgeflogen und wusste nicht wohin."
„Bitte, was ist los?"
Anne, sichtlich erschrocken über ihren Ausbruch, klappte den Mund zu. „Jetzt habe ich Mist gebaut. Mario hat mir das schon vor einiger Zeit erzählt."
„Was hat Mario dir erzählt? Wo du einmal angefangen hast, kannst du mir auch alles erzählen, was du weißt."
„Ja also Mario hat mir erzählt, dass Alfred ihm erzählt hat …"
„Anne – WAS?"
„Also, der alte Gimpel ist auf seine Tochter Sylvia losgegangen. Sie hatte ihn wohl irgendwie geärgert und er fing an, auf sie einzuprügeln. Alfred ist dazwischen gegangen und hat ihm die Hände festgehalten. Daraufhin hat der Alte ihn rausgeschmissen." Anne schaute ihre Freundin prüfend an und redete schnell weiter. „Aber sicher hätte Alfred dich sowieso gefragt, ob ihr nicht zusammenziehen solltet,

schließlich liebt er dich wirklich. Dass sein Vater ihn ausgerechnet zu dem Zeitpunkt rausgeschmissen hat war einfach nur ein dummer Zufall. Bitte schau mich nicht so an, ich bin manchmal echt eine blöde Ziege!"
Elisa war wie vor den Kopf geschlagen. Ihr hatte Alfred vorgemacht, dass er gerne mit ihr zusammenziehen wollte, weil er sie liebte. In Wirklichkeit hatte er nur eine neue Bleibe gesucht. Das musste sie erst einmal verarbeiten, aber vor allem musste sie mit Alfred reden.
„Ist schon gut, Anne. Ich bin froh, dass du mir das erzählt hast, wenn die Umstände auch ziemlich ungünstig waren. Früher oder später hätte ich's sowieso herausbekommen. Weißt du was, Perle, wir machen uns jetzt einen richtig schönen Abend, ohne Männer, mit denen hat man sowieso immer nur Ärger."
In diesem Fall waren sich die Freundinnen einig.

***

Am nächsten Wochenende hatte Alfred keinen Dienst und trudelte schon an Freitagnachmittag in Gelsenkirchen ein. Am liebsten hätte Elisa ihn sofort zur Rede gestellt, wartete aber auf einen günstigen Augenblick. Zwar wollte sie schnellstens Klarheit schaffen, fürchtete sie sich aber insgeheim vor der Aussprache.

Wenn Alfred bemerkte, dass sie ruhig und zurückhaltend war, so ließ er sich das nicht anmerken. Er knubbelte seine mitgebrachte Schmutzwäsche vor der Waschmaschine zusammen und machte es sich vor dem Fernseher bequem. Elisa ärgerte sich schon die ganze Zeit über dieses Verhalten, hatte aber bis dato nichts dazu gesagt. Heute war es der Tropfen, der das Fass zum Überlaufen brachte.
„Sag mal, mein Bester, was soll jetzt mit deinen schmutzigen Plörren passieren?"
Alfred schaute kurz von seinen Schnittchen auf. „Du musst sie schnellstens waschen, wie immer, denn ich nehme sie am Sonntagabend wieder mit."
„Das ist aber jetzt nicht dein Ernst, oder? Ich kann dir gerne zeigen, wie man eine Waschmaschine bedient, das ist gar nicht schwer. Immerhin habe ich auch einen anstrengenden Arbeitstag hinter mir und jetzt ist Feierabend."
Alfred grinste. „Anstrengenden Arbeitstag? Du sitzt doch bloß im Büro 'rum. Also stell dich nicht so an. Was ist denn heute wieder mit dir los? Kriegst du die Tage oder was?", mit diesen Worten widmete er sich wieder dem Fernseher und seinen Butterbroten.
Elisa wollte nicht glauben, was sie da hörte. „Pass mal auf, Freddylein! Wenn es dir zu viel ist, deine Wäsche selbst zu machen, dann bring sie doch zu deiner Mutter, die arbeitet

überhaupt nicht und freut sich sicher über ein wenig zusätzliche Bewegung."
Langsam stellte Alfred seinen Teller ab und maß die Widerspenstige mit frostigen Blicken.
„Meiner Mutti kann ich das nicht zumuten, sie hat genug zu tun. Überhaupt, wozu wohne ich hier, wenn du nicht einmal das bisschen Wäsche fertigmachen kannst."
„Ich glaube ich spinne. Erst nistest du dich hier ein, machst mir was von großer Liebe vor, obwohl du zu Hause rausgeflogen bist und bloß auf die Schnelle eine Bleibe gesucht hast. Jetzt soll ich auch noch deinen Dreck wegmachen?"
Elisa hatte alle guten Vorsätze vergessen. Sie pumpte sich immer weiter auf, während Alfred gar nicht so richtig wusste, wie ihm geschah.
„Es wird das Beste sein, wenn du mitsamt deiner dreckigen Unterhosen wieder zu Mutti verschwindest. Was glaubst du eigentlich, wen du vor dir hast, du dämlicher Sack!"
Alfred stand wortlos auf und zog seine Jacke an, während Elisa ihm zitternd vor Wut und Frust hinterherlief. „Verschwinde bloß, du…du…"
„Ja dann gehe ich wohl besser", mit diesen Worten verließ er die Wohnung.
Elisa starrte fassungslos die geschlossene Wohnungstür an. Was fiel diesem Typen eigentlich ein? Er ging einfach weg, wo sie so

schön in Fahrt gekommen war und überhaupt noch nicht mit ihren Tiraden fertig war. Andererseits hatte sie ihn ja eigenhändig vor die Tür gesetzt. Unwillkürlich stürzten ihr die Tränen aus den Augen. Sie hatte Alfred doch gern! Was, wenn er sie jetzt für immer verlassen würde?

Sie hockte sich in eine Ecke des Korridors und heulte Rotz und Wasser, sodass sie das zaghafte Klopfen an der Wohnungstür zunächst überhörte. Es klopfte lauter. Sie raffte sich auf und öffnete die Tür. Alfred stand ziemlich bedröppelt davor und streckte ihr die Hand entgegen.

Elisa fiel ihm um den Hals. „Das habe ich doch überhaupt nicht so gemeint."

Alfred drückte sie an sich. „Ich doch auch nicht!"

Als sie später aneinander gekuschelt im Bett lagen und den Schleudergeräuschen der Waschmaschine lauschten, die sie gemeinsam beladen hatten, wurde Alfred richtig romantisch. „Wenn wir sowieso zusammenwohnen, dann können wir auch heiraten. Was hältst du von meinem Geburtstag. Das wäre doch ein prima Termin. Bitte heirate mich. Ich liebe dich nämlich."

Elisa setzte sich auf. „Aber das ist ja schon in drei Monaten! Ob ich das schaffe? Schließlich muss ich doch ein vernünftiges Hochzeitskleid haben."

„Heißt das ja?"

„Ja, ja, ja, du dummer Kerl!" Sie umarmte ihn stürmisch.

„Na, da habe ich aber Glück gehabt, dass die Haustür abgeschlossen war", brummelte Alfred in seinen nicht vorhandenen Bart.

„Was heißt das jetzt wieder?", Elisa runzelte die Stirn. „Bist du nur wieder zurückgekommen, weil die Haustür abgeschlossen war und du keinen Schlüssel hattest? Gar nicht, weil du dich mit mir vertragen wolltest???"

„Ja, nein, ja … ne, wir wollen doch jetzt nicht zanken. Wo wir schon den Hochzeitstermin festgelegt haben." Das wurde alles zu kompliziert für Alfred. Er nahm seine zukünftige Braut in den Arm und sie vergaß kurzfristig alle Beziehungsprobleme.

***

„Was? Das ist nicht dein Ernst!" Kalle war zutiefst entrüstet. Elisa hatte ihren Eltern gerade von den jetzt konkreten Hochzeitsplänen erzählt.

Während Ilse über das ganze Gesicht strahlte und ihr „Oh, is dat schön" heraus trompetete, konnte Kalle sich überhaupt nicht beruhigen.

„Die Welt ist voller netter Männer und du musst unbedingt einen Gimpel heiraten?" Er schüttelte resigniert den Kopf.

„Na also, es hat ja doch geklappt", Annerose war begeistert, schließlich hatte sie die beiden wieder zusammengebracht.
„Ja, du olle Kupplerin. Du wirst meine Trauzeugin, natürlich zusammen mit Mario, schließlich ist er Alfreds bester Freund." Prüfend schaute Elisa ihre Freundin an. „Wie sieht es denn so zwischen euch aus? Hat sich alles wieder eingerenkt?"
Die Antwort kam zögerlich: „So richtig nicht. Mario hat letztens aus lauter Wut die Schlafzimmertür eingetreten."
Elisa war entsetzt. „Was hat er? Das glaube ich nicht, er ist doch immer so ruhig und beherrscht."
„Das denkst du auch nur, meine Liebe. Nach außen hin wirkt Mario ruhig, er ist ja auch eher still. Wenn er aber einmal die Beherrschung verloren hat, dann kann er sich nur schlecht kontrollieren. In letzter Zeit neigt er zum Jähzorn."
„Anne! Das darf doch nicht wahr sein! Und du sagst, er hätte eine Tür eingetreten?"
„Ja, wir haben im Wohnzimmer herumgealbert, eigentlich war er gut drauf. Ich muss ihm wohl aus Versehen wehgetan haben, jedenfalls

ist er aufgesprungen und hat mir eine Backpfeife verpasst. Du kannst dir vorstellen, wie erschrocken ich war."

„Er hat dich geschlagen?", stammelte Elisa entsetzt, während Annerose weiter erzählte.

„Ach, nicht so doll, das war auch wohl eher ein Reflex. Jedenfalls habe ich es mit der Angst zu tun gekriegt und mich im Schlafzimmer eingeschlossen. Mario hat von außen an die Tür gehämmert und geschrien, ich soll gefälligst aufschließen. Das habe ich nicht getan, da hat er die Tür eingetreten …"

„Und was dann?"

„Dann hat der Nachbar von unten geklingelt. Er war ziemlich sauer wegen des Lärms. Mario hat ihn beschwichtigt, da hatte er sich wieder unter Kontrolle."

„Anne, das geht so nicht. Hat er sich wenigstens hinterher entschuldigt, tat ihm sein Verhalten leid?"

Annerose wirkte ganz cool. „Er hat mich ja gar nicht richtig geschlagen, er hat bloß reflexartig ausgeholt, weil ich ihm wehgetan habe. Klar hat ihm das hinterher furchtbar leidgetan. Ich muss einfach lernen, ihn nicht zu reizen und zu ärgern."

„Meinst du denn, dass das eine Lösung ist? Du kannst doch nicht zu allem Ja und Amen sagen." Elisa hatte ihre Zweifel. „Selbst wenn du das ernsthaft versuchst, so glaube ich nicht,

dass du auf Dauer zu einem sanftmütigen Lämmchen mutierst. Das bist einfach nicht du."
Annerose lächelte schief. „Was bleibt mir denn übrig. Ich hoffe, dass sich Mario mit der Zeit wieder einkriegt und genau so lieb und nett wird, wie vor unserer Hochzeit. Er hat einfach so viel Arbeitsstress, daran liegt das. Jetzt lass uns lieber über eure Hochzeit reden. Du wirst das Brautkleid ja wohl nicht ohne deine beste Freundin aussuchen, oder!"

1976

Der große Tag kam schneller, als die Braut es für möglich gehalten hatte.
Ilse und Kalle hatten den, wie Ilse fand, nötigen Kennenlernbesuch bei Elisas zukünftigen Schwiegereltern in Angriff genommen und war geschockt.
„Ich bin allerhand gewohnt, aber diese Gimpel Familie…"
Käthe hatte sie mit den Worten „ach, sie sind das" empfangen und direkt noch einmal nachgefragt, ob ihr Freddy nicht doch Vater würde.
„Warum sonst sollte er ihre Tochter heiraten?"
Die sonst nicht auf den Mund gefallene Ilse war erst einmal sprachlos, erholte sich aber schnell und gab die Spitze zurück. „Ich verstehe auch nicht, was meine Elisa an ihrem Sohn findet. Sie könnte wirklich eine bessere Partie machen, schließlich arbeitet sie in ihrem Büro mit etlichen Ingenieuren zusammen."
Es wurde ein Nachmittag mit Kaffee, Kuchen und jeder Menge Gift von beiden Seiten. Man trennte sich mit dem festen Vorsatz, sich möglichst aus dem Weg zu gehen.
„Gut, dass die Hochzeitsgesellschaft recht groß ist, so haben wir mit dieser unsäglichen Familie nicht so viel zu tun", meinte Ilse auf dem Nachhauseweg.

Kalle, der versucht hatte, sich mit Gustav zu unterhalten, war ganz ihrer Meinung. „Siehst du, Ilsekind, das ist die ganze Zeit mein Reden. Wie der Vater, so der Sohn. Dieser merkwürdige Gustav Gimpel stößt mir sauer auf, ganz wie sein Sohn. Wenn unser Kind den Schritt nicht irgendwann bereut."

Die standesamtliche Trauung fand zwei Tage vor Alfreds Geburtstag im kleinen Kreis statt. Nach der schmucklosen Zeremonie ging das frischgebackene Ehepaar mit den Eltern und Schwiegereltern essen. Anschließend trennte man sich und war froh, diese Klippe einigermaßen spannungsfrei umschifft zu haben.

***

Heute sollte das große Spektakel starten: die kirchliche Trauung, samt der anschließenden großen Hochzeitsfeier.
 Ilse hatte sich als geniale Hochzeitsplanerin entpuppt. Sie sorgte für den angemessenen Rahmen der Feier und buchte einen Saal in einem zum Restaurant umgebauten Schlösschen ganz in der Nähe. Sie kümmerte sich um den Sektempfang, das anschließende Menü und die drei Mann Combo, die zum Tanz aufspielen sollte. Sie ließ sogar Platzkarten drucken und war echauffiert, weil sich letztendlich niemand an die Sitzordnung hielt.

Alles war perfekt geplant, die Hochzeit konnte starten.

Den Friseurtermin hatte Elisa schon ganz früh am Morgen wahrgenommen und ließ sich jetzt von ihrer Freundin den Schleier aufstecken.
„Stell dir bloß mal vor", erzählte sie, während Annerose mit dem Schleier beschäftigt war. „Die Gimpels haben sich überhaupt nicht gemuckt. Alfred ist zu Mutti gefahren und hat ihr erzählt, dass wir heiraten. Wie sie reagiert hat, das erzählte er mir vorsichtshalber nicht, aber ich kann es mir vorstellen: Jetzt ist deine Verlobte doch schwanger! Diese Frau hat eine Schwangerschaftsphobie. Alfred wollte auch nicht mit mir zusammen zu seinen Eltern fahren. Meine Eltern sind einmal zum Kennenlernen dort gewesen, aber über den Nachmittag wollen wir lieber nicht reden. Gimpel versus Jollenbeck … die beiden Mütter müssen in ihrem Element gewesen sein, während die Väter sich anschwiegen. Jedenfalls habe ich den Clan erst am Polterabend wiedergesehen."
Annerose kicherte. „Nach den Trauermienen zu urteilen, die deine Schwiegereltern am Polterabend gezogen haben nahmen sie eher an einer Beerdigung teil. Wenigstens war deine jüngste Schwägerin lustig, die hat sich offensichtlich betrunken."

„Ja, und anschließend hat sie sich auf Mutters gutem Perserteppich übergeben. Klasse, was!"
Ilse hatte sich auch um den Polterabend gekümmert und die jollenbecksche Wohnung für die Feier zur Verfügung gestellt, nicht ahnend, dass die Familie Gimpel die Gelegenheit nutzen und sich gemeinschaftlich die Kante geben würde. Selbst Alfreds Kollegen waren beeindruckt von der Trinkfestigkeit des Gimpelclans. Nur Carmen, die jüngste Tochter, schien noch nicht so hart im Nehmen wie die übrigen Familienmitglieder zu sein. Sie hatte ihren Mageninhalt plötzlich und völlig unerwartet auf dem guten jollenbeckschen Wohnzimmerteppich ausgeleert, was die Familie Gimpel allerdings nicht belastete. Man war gut gelaunt ohne die sturzbetrunkene Carmen nach Hause geschaukelt. Ilse hatte den Teppich so gut es ging gereinigt und das Mädchen im Gästezimmer untergebracht, wo es seinen Rausch ausschlief.
„Jedenfalls hat Kittel-Käthe mir angedroht, um Mitternacht meinen Schleier zu zerreißen. Sie meint, das wäre eine Tradition. Weiß der Himmel, wo dieser Brauch her ist." Elisa seufzte konsterniert. „Sie hätte mal lieber so entschlossen auf ihre Tochter aufpassen sollen, dann müsste Mutters guter Teppich jetzt nicht in die Reinigung."

Annerose lächelte hinterlistig. „Das lass mal meine Sorge sein. Keiner aus dem Clan wird deinen Schleier in die Finger kriegen."
Sie klatschte in die Hände. „Fertig, wenn du jetzt auch noch lächelst, dann bist du eine wunderhübsche Braut."
Wirklich sorgte Annerose dafür, dass kein reißwütiger Gimpel den Brautschleier in die Hände bekam. Im entscheidenden Augenblick nahm sie der verblüfften Käthe das Teil einfach aus der Hand und zog sich diskret in den Hintergrund zurück.

Von der eigentlichen Trauung bekam Elisa vor lauter Nervosität gar nicht so viel mit. Sie sagte im entscheidenden Augenblick laut und deutlich „ja", ansonsten konzentrierte sie sich darauf, nicht aus Versehen auf den Saum ihres langen Hochzeitskleides zu treten und die Treppe zum Altar erst hinauf und anschließend hinunter zu purzeln.
Erst als alles vorbei war und sie beim anschließenden Sektempfang die Glückwünsche ihrer Gäste in Empfang nahm, konnte sie sich ein wenig entspannen.
Auf der Feier lernte sie ein weiteres Mitglied der Familie Gimpel kennen Alfreds Tante Berta.
Schon bei der Hochzeitsplanung hatte Ilse ihre Verwunderung darüber geäußert, dass Alfred

außer seinen Eltern und Geschwistern keine Verwandten einladen wollte. Immerhin hatte er eine Großmutter und jede Menge Onkel und Tanten. Elisa hatte ihn nach und nach in ihre Verwandtschaft eingeführt, wogegen er sich in dieser Beziehung verschlossen wie eine Auster gab.

„Sag mal, Alfred, willst du deine Oma nicht zu unserer Hochzeit einladen? Es ist schon seltsam genug, dass wir sie noch nie besucht haben, mal abgesehen von den Geschwistern deiner Eltern. Hast du nicht erzählt, dass dein Vater vier Schwestern hat und deine Mutter zwei Schwestern und zwei Brüder?"

„Ja, schon", antwortete Alfred abweisend.

„Was heißt das?" Elisa wollte es genau wissen und bohrte weiter. „Sollen wir also eine Einladung für deine Oma fertigmachen oder für deine Onkeln und Tanten?"

„Das lässt du schön bleiben", erklärte Alfred energisch. „Die Mutti versteht sich nicht so richtig mit der Familie. Die sind alle bekloppt."

„Heißt das, dass deine Mutter sich mit der kompletten Familie verzankt hat? Einschließlich ihrer eigenen Mutter? Und du besuchst deshalb deine Oma auch nicht?" Elisa wollte es nicht glauben.

Alfred verdrehte genervt die Augen, sah aber ein, dass hier Erklärungsbedarf bestand.

„Die Schwestern von meinem Papa sind alle vier eifersüchtig auf Mutti. Sie konnten es nicht haben, dass Mutti als Erste einen Pelzmantel bekommen hat. Da hat sie ihnen kräftig die Meinung gesagt. Einzig Tante Berta war nicht ganz so neidisch. Sie kann meinetwegen auf unsere Hochzeit kommen. Was die Geschwister meiner Mutti anbetrifft, so hat die Oma denen immer mehr zugesteckt als ihr."
„Lass mich raten … da hat Mutti ihnen kräftig die Meinung gesagt und jetzt sind sie miteinander verzankt. Aber trotzdem finde ich das Ganze merkwürdig. Schließlich ist es doch ihre Mutter. Vielleicht renkt sich ja auch wieder alles ein."
„Das glaube ich nicht, denn die sprechen seit über zehn Jahren allesamt nicht mehr miteinander."
Jetzt saß Tante Berta, ganz in schwarz gekleidet, an der Hochzeitstafel.
„Du musst dich nicht wundern", erklärte Alfred trocken. „Tante Berta ist in Trauer. Onkel Karl, ihr Mann, ist erst vor sechs Wochen gestorben."
Einmal mehr schüttelte Elisa über diese Familie den Kopf. „Hätten wir denn nicht an der Beerdigung teilnehmen sollen?"
„Mutti hat gesagt, dass das nicht nötig wäre, schließlich würden sie und Papa auch nicht hingehen."

Elisa zuckte hilflos mit den Schultern. Was Mutti sagte, schien ein ehernes Gesetz zu sein. Zum ersten Mal kamen ihr Zweifel daran, ob sie es mit dieser Übermutter aufnehmen konnte.
Nachdem die Mittagstafel aufgehoben war, ging es an den obligatorischen Hochzeitstanz. Das Brautpaar hatte im Vorfeld fleißig geübt und brachten den Schneewalzer einigermaßen gekonnt hinter sich. Danach löste sich Alfred schnell von seiner Braut.
„Du weißt ja, ich bin kein großer Tänzer."
Elisa hatte damit gerechnet und lächelte ihn an. „Ist schon gut, den ersten Tanz hast du bravourös durchgestanden. Vielleicht tanzt du nachher noch einmal mit mir."
Sie hatte ihren Bruder lange nicht mehr gesehen und hakte sich bei ihm unter. „Was meinst du, Peter, wagen wir zwei uns auf die Tanzfläche?"
Er grinste sie an. „Wie in alten Zeiten? Aber immer doch."
Während die beiden über die Tanzfläche wirbelten, konnte er sich einen kritischen Kommentar nicht verkneifen. „Sag mal, wie bist du bloß auf die Idee gekommen, den dümmlichen Freddy zu heiraten? Der ist niemals der Richtige für dich."
„Wenn du der Meinung bist, dann musst du mich nachher entführen und so gut verstecken,

dass Alfred mich nicht wiederfindet." Elisa hatte beschlossen, sich die gute Laune heute nicht verderben zu lassen.
Peter hielt einen Augenblick inne und schaute sie an. „Du wirst irgendwann an meine Worte denken, Schwesterherz."
Dann war der ernste Augenblick vorbei und er wirbelte Elisa wieder im Kreis herum.

Als Elisa sich schließlich nach der Feier erschöpft, aber glücklich in ihr Bett kuschelte, dämmerte bereits der Morgen. Sie schloss die Augen und musste unwillkürlich lächeln, denn sie hatte einen kleinen Sieg errungen; ihr Schleier lag wohlbehalten auf der Kommode, den hatte Kittel-Käthe nicht in die Finger bekommen …

***

„Elisa Gimpel, daran werde ich mich niemals gewöhnen", Kalle schaute seine Tochter todtraurig an. „Hättest du nicht wenigstens einen Doppelnamen führen können, wenn der Gimpel schon nicht einsichtig war und unseren schönen Namen angenommen hat."
„Aber Papa, wie klingt denn das? Elisa Gimpel-Jollenbeck. Das geht doch gar nicht."
Kalle seufzte. „Du wirst es schon noch mitkriegen: Gimpel, der Name ist Programm …"
„PAPA!"

„Ist ja gut. Es lässt sich sowieso nicht mehr ändern. Obwohl …"

„Kalle, lass den netten jungen Mann in Ruhe", rief Ilse ihren Mann zur Ordnung. Es war erstaunlich, wie vehement sie Alfred verteidigt. Sie schien einen Narren an ihm gefressen zu haben, obwohl er sich in keiner Weise Mühe gab ihr zu gefallen.

„In meiner eigenen Wohnung werde ich ja wohl meine Meinung sagen dürfen und überhaupt ist der junge Mann gar nicht hier, also kann er nicht beleidigt sein. Aber ich wollte dir etwas ganz anderes erzählen, Spatz", jetzt strahlte Kalle wieder. „Dein Bruder trägt sich mit der Absicht, wieder nach Hause zu kommen. Er möchte hier in der Nähe eine Gaststätte eröffnen und ich denke, dass ich das passende Objekt für ihn gefunden habe."

Das waren allerdings Neuigkeiten, die Elisa begeisterten. „Das höre ich wirklich gerne. Was ist das denn für ein Objekt und wann wird Peter wieder hier herziehen?"

„Das hängt von ihm ab. Die Gaststätte steht schon länger leer und ist jederzeit wieder zu eröffnen. Du kennst doch die Kneipe ‚Zum Horster Eck', ein paar Straßen weiter. Ich habe bereits bei der Brauerei vorgefühlt und den Weg für deinen Bruder geebnet."

„Aber Papa, die olle Kneipe ist schon wer weiß wie lange geschlossen. Das kann doch wohl nicht dein Ernst sein!"
Kalle ließ sich in seiner Begeisterung nicht stoppen. „Natürlich werde ich deinen Bruder tatkräftig unterstützen. Schließlich habe ich einige Erfahrung in der Gastronomie gesammelt."
Das stimmte insofern, als dass Karl und Ilse eine Gaststätte eröffnet und damit in den Konkurs gegangen waren.
„Wenn ihr das meint." Elisa gab es auf, denn gegen so viel Optimismus kam sie nicht an, zumal sich auch Ilse einmischte. „Wir stehen deinem Bruder mit Rat und Tat zur Seite. Es kann nichts schief gehen. Er hat sich mehr oder weniger schon für das Objekt entschieden und wird so schnell wie möglich wieder zurückkommen."
„Na, dann bin ich gespannt, wie es weiter geht." Elisa zuckte mit den Schultern. Schließlich war ihr Bruder alt genug, um zu wissen was er tat und ihr lag im Moment etwas anderes am Herzen: „Mutter, zu meinem Geburtstag wird der komplette Gimpelclan auflaufen, Sylvia, die Zweitälteste hat einen neuen Freund und bringt ihn mit. Würdest du mir mit dem Buffet helfen? Alles soll perfekt sein."

„Aber natürlich." Ilse gab sich erstaunlich kooperativ. „Wir werden ein Buffet zaubern, dass den Gästen die Augen überlaufen."
Kalle grinste. „Deine Mutter ist eine gute Köchin, wenn sie will."
„Was soll das schon wieder heißen: Wenn sie will? Bist du mit meiner Küche nicht zufrieden?", funkelte Ilse ihn an und Kalle beeilte sich, um seine Frau vom Gegenteil zu überzeugen.

***

Wirklich hatten Ilse und Elisa sich an fraglichen Geburtstag alle Mühe gegeben und waren stolz auf ihr kulinarisches Meisterwerk. Während sie kochten, erzählte Elisa ihrer Mutter, wie ein Geburtstagsessen bei Alfreds Eltern ablief.
Man saß um den Wohnzimmertisch und pünktlich um achtzehn Uhr startete Kittel-Käthe die Essensausgabe. Sie erhitzte für jede Person ein Bockwürstchen, welches sie akribisch zuteilte, und ging anschließend mit einer Plastikschüssel voller Kartoffelsalat und einer Schöpfkelle um den Tisch.
„Will 'ste", nuschelte sie und klatschte dem Angesprochenen mithilfe der Kelle Kartoffelsalat auf den Teller. Dann blieb sie einen Moment wartend stehen. „Will 'ste noch einen?"

Nickte der Gast, so bekam er einen Nachschlag.

„Gut, dass sie nicht auch noch eine von den Maurerkellen benutzt, die der Schwiegervater vom Bau mitgebracht hat." Elisa, die eigentlich in punkto Etikette nicht sonderlich anspruchsvoll war, kam diese Methode mehr als merkwürdig vor.

„Dann wird deine Schwiegermutter heute etwas lernen können", verkündete Ilse.

Nach und nach trudelten die Gäste ein. Die Schwiegereltern, mit der jüngsten Tochter im Schlepptau.

„Aber heute säufst du nicht so viel, da pass' ich auf!"

Lara, die Älteste mit ihrem Roland und dem Söhnchen Louis. Sylvia, die mittlere Tochter präsentierte stolz ihre Neuerrungenschaft, Franz-Rainer Wuttke. Hinzu kamen Annerose und Mario und die jollenbecksche Verwandtschaft.

Lara und Roland waren kürzlich zusammen mit Gustav und Käthe in Urlaub gefahren. Roland erzählte launig wie immer von seinen Urlaubserlebnissen mit den Schwiegereltern.

„Ja, ne, also der Papa, der fährt auf die Autobahn auf und direkt auf die linke Spur. Dann parkt er den Finger auf der Lichthupe und lässt erst an der Adria wieder los. Dat ist schon stressig."

Gustav brummelte vor sich hin, während seine Töchter kicherten. Käthe schaute ihren Schwiegersohn streng an. „Ja, der Papa kann sich das mit seinem Benz auch erlauben."

Roland grinste. „Eben. Deshalb umkreist er das Auto nach dem Aussteigen mehrmals und wischt mit dem Ärmel nicht vorhanden Flecken vom Lack, weil's ein Mercedes ist. Aber warum er mit ATA gebadet hat?"

Elisa wurde hellhörig. „Meinst du das Scheuerpulver?"

Wieder brummelte Gustav vor sich hin, während seine Töchter ihren Einsatz verpassten und nicht kicherten. Roland strahlte über das ganze Gesicht.

„Tja, wir hatten eine Zwischenstation in Österreich. In der Pension gab es ein Badezimmer für die ganze Etage. Auf dem Wannenrand stand eine Dose mit ATA, eben dem Scheuerpulver. Papa hat gebadet und hinterher freudestrahlend erzählt, dass er das Badesalz benutzt hat, welches zur allgemeinen Verfügung auf dem Wannenrand stehen würde. Ich muss ehrlich gestehen, dass er sehr sauber aussah."

Dieses Mal brummelte Gustav so, dass man ihn verstehen konnte. „Was weiß denn ich, was das für ein Zeug war. Es hat doch gut gerochen und sauber hat es auch gemacht."

„Eben", das konnte sich der Schwiegersohn nicht verkneifen. „Was für die sanitären Anlagen gut ist, kann für dich nicht schlecht sein. Allerdings bist du relativ schnell wieder schmutzig geworden."
Wie Gustav und Käthe nach einigem Zögern und zur Gaudi aller Anwesenden erzählten, war das Quartett am gleichen Abend in einer etwas höher gelegenen Gaststätte eingekehrt, wo man dem Enzian zusprach. Arm in Arm und laut singend hatten sich die fröhlichen Zecher an den Abstieg gewagt, prompt den Halt verloren und waren auf dem Hosenboden ins Tal geschlittert.
„Schwiegermutter, darauf müssen wir eine Hausmarke trinken."
Elisa schluckte, denn Roland füllte seiner Schwiegermutter und sich die Whiskygläser halb voll Weinbrand und fügte einen Hauch Cola hinzu. Auffordernd schaute er den Neuzugang Franz-Rainer an. „Dass deine Freundin Sylvia viel vertragen kann, weiß ich, aber was ist mir dir?"
Dümmlich grinsend nickte der Angesprochene. „Ich kann auch einen Stiefel vertragen."
Elisa fragte sich, ob er jetzt einen seiner Cowboystiefel ausziehen und mit Weinbrand füllen würde. Sie drückte Franz-Rainer schnell ein Whiskyglas in die Hand, während Sylvia ihren

neuen Freund besorgt musterte. „Ronny, du weißt, was dein Vater gesagt hat."
‚Ach herrje', dachte Elisa, ‚Freddy und Ronny, das hört sich an wie ein ältliches Countryduo.'
„Der kann mich mal", kam die verächtliche Antwort zurück, Franz-Rainer-Ronny leerte sein Glas mit einem Zug.
„Ja dann, prost Schwiegermutter", Roland tat es ihm gleich und auch Käthe ließ sich nicht lange bitten. Schon füllte der eifrige Schwiegersohn die Gläser neu. Elisa konnte sich nur wundern. Sie war von den Familienfeiern bei den Jollenbecks einiges gewohnt, aber ein derartiges Turbotrinken kurz nach dem Kaffeetrinken und noch vor dem Abendessen erstaunte selbst sie.
„Sag mal", wandte sie sich leise Alfred zu. „Trinkt deine Mutter immer so viel?"
„Och, die Mutti trinkt schon ab und zu mal Alkohol", war die lakonische Antwort.
„Was sagt denn dein Vater dazu? Oder trinkt er mit?"
„Der trinkt nicht viel, jedenfalls zu Hause nicht", gab Alfred zögernd Auskunft. „Er sagt immer, Alkohol wäre des Teufels Gebetbuch. Das behauptet er aber auch, wenn wir ‚Mensch ärgere dich nicht' spielen. Für den ist fast alles was Spaß macht irgendwie Teufelswerk. Ich denke er trinkt auf seiner Arbeitsstelle, auf Baustellen wird grundsätzlich gesoffen. Es ist

ein Wunder, dass er bis jetzt noch nie nach der Arbeit in eine Polizeikontrolle gekommen ist."
Lara, die das Gespräch mitbekommen hatte, mischte sich ein. „Jedenfalls habe ich Papa noch nie so betrunken erlebt, wie die Mutti das in der letzten Woche war."
Obwohl das Gespräch Alfred sichtlich unangenehm war, spitzte Elisa die Ohren. „Das kann ich mir nicht vorstellen, sicher war eure Mutter krank", tat sie harmlos.
„Das habe ich zuerst auch gedacht." Lara ließ sich trotz Alfreds giftiger Blicke nicht bremsen. „Ich wollte letzte Woche an einem Nachmittag bloß mal auf einen Kaffee vorbeischauen, ich wohne ja gleich um die Ecke. Die Mutti hat mir auch die Tür aufgemacht und mich völlig teilnahmslos und mit einem glasigen Blick angestiert. Dann ist sie wieder ins Bett gewankt. Ich bin natürlich sofort hinterher und habe sie in heller Aufregung gefragt, was denn los wäre. Ich dachte sie hätte vielleicht wieder eine Gallenkolik, sie hat nämlich Last mit der Galle, musst du wissen. Sie reagierte überhaupt nicht, stöhnte nur immerzu laut. Das hörte sich ganz furchtbar an. In meiner Panik habe ich unseren Hausarzt geholt."
Lara musste erst einmal Luft holen, sodass Alfred erfolglos die Gelegenheit nutzen konnte, um seine Schwester an weiteren Ausfüh-

rungen zu hindern. „Das interessiert doch überhaupt nicht …"
Elisa machte runde Augen. „Aber Freddy, natürlich interessiert es uns, wenn deine Mutti krank ist! Wirklich! Was ist weiter passiert?"
„Na ja", Lara war wieder zu Atem gekommen. „Ich habe also unseren Hausarzt geholt. Er hat sich die Mutti kurz angeschaut, dann hat er den Kopf geschüttelt. Ich dachte schon, es wäre etwas Ernstes und sie müsste ins Krankenhaus. Er ist mit mir in den Korridor gegangen und hat mich ernst angeschaut. Ich kann ihrer Mutter leider nicht helfen, meinte er. Sie muss nur einfach ihren Rausch ausschlafen, sie ist betrunken. Jesus, war mir das peinlich."
Hier endeten Laras Ausführungen. Die Drei schauten zu Käthe hinüber, die sich von Schwiegersohn Roland den nächsten Hausmarke Drink mixen ließ. Während Franz-Rainer, der Neuzugang, bereits mächtig Schlagseite hatte, war den beiden nichts anzumerken.
„Ich kümmere mich um das Abendessen, eine vernünftige Unterlage kann nicht schaden", mit diesen Worten machte sich Elisa auf in die Küche. Annerose gesellte sich zu ihr und probierte schon einmal von den verschiedenen Salaten. „Hmm, das ist aber lecker."

„Finger weg, sonst setzt es was", spielerisch versetzte Elisa ihr einen Klaps, der Annerose erschrocken zusammenzucken ließ.
„Aber Anne, was ist denn jetzt los. Sonst bist du doch nicht so schreckhaft."
Anneroses Augen füllten sich mit Tränen. „Sorry, ich bin in letzter Zeit etwas neben der Spur." Sie schob ihre Blusenärmel hoch und zum Vorschein kamen große Blutergüsse, die in allen Farben schillerten.
Elisa sah die Freundin erschrocken an. „Das war Mario, stimmt's? Er hat dich wieder geschlagen!"
„Genau genommen hat er mich mächtig geschüttelt. Er hat wohl etwas zu hart zugefasst und da habe ich die blauen Flecken bekommen." Anne schnäuzte sich energisch. „Ich habe ihn auch provoziert und da ist er ausgerastet. Es hat ihm hinterher schrecklich leidgetan."
„Verdammt, das hast du neulich auch schon gesagt. Er rastet in letzter Zeit ziemlich oft aus. Du solltest endlich aufhören, ihn in Schutz zu nehmen. Wie soll das bloß mit euch weiter gehen?"
„Was geht weiter?" Mario steckte den Kopf durch die Küchentür und Anne zog hastig ihren Ärmel zurecht. „Was meinst du wohl? Die Feier natürlich. Du kommst gerade richtig zum Essen fassen."

Elisa, welche die Situation richtig erfasste, hielt erst einmal den Mund und beschloss in einer stillen Stunde ernsthaft mit ihrer Freundin zu reden.

Mario ging schnell einen Schritt zur Seite, denn Vater und Mutter Gimpel drängten sich in die Küche. Scheinbar hatten sie etwas vom Essen fassen gehört und fürchteten zu spät zu kommen.

„Nein, das ist aber ungemütlich, jeder muss sich sein Essen selbst auf den Teller packen", meckerte Käthe.

„Kartoffelsalat ist auch nicht dabei und wo sind die Bockwürstchen? Überhaupt ist das auch viel zu viel, das kann man gar nicht alles aufessen", auch Gustav hatte etwas zu beanstanden.

„Na ja, besser zu viel, als zu wenig, oder", Elisa stand kurz vorm Platzen. „Ihr sollt weder unsere Schnapsvorräte leer trinken, noch alle Platten und Schüsseln auslecken."

Damit verließ sie die Küche. Ihr war der Appetit gründlich vergangen, was man von den Gimpels nicht behaupten konnte. Der Clan stürzte sich geschlossen aufs Buffet, wobei sich Mutter und Töchter strategisch günstig in der Küche platzierten, um ungestört zulangen zu können.

Kopfschüttelnd setzten sich Kalle und Ilse mit ihren Tellern zu Elisa ins Wohnzimmer. „Meine Herrn, Spatz, deine angeheirateten Verwandten trinken nicht nur wie die Ketzer, die essen auch noch wie ... ich sag's lieber nicht, aber das ist nicht normal", stellte Kalle fassungslos fest.

Wie aufs Stichwort gesellte sich Roland zu ihnen. „Ne, dat ist mir zu voll in der Küche. Ich gehe nachher noch mal hin, es ist ja genug da, das schaffen selbst die Gimpels nicht."

Jetzt musste Elisa doch lachen. „Sag mal, Roland, hat unser Schwiegervater wirklich mit ATA gebadet?"

„Wenn ich's dir sage. Der macht noch ganz andere Sachen. Lara hat mir erzählt, dass er immer alle möglichen Cremes und Mittelchen der Mädels ausprobiert. Auch gerne mal Clerasil gegen Pickel, was sie so im Badezimmer stehen haben. Jedenfalls hat er einmal Laras Enthaarungscreme erwischt. Sie saß ganz friedlich beim Frühstück und plötzlich steht ihr Vater vor ihr, das Gesicht voller Pilca, die Tube noch in der Hand und grölt, was das denn für eine Mistsalbe wäre, die würde aber komisch riechen."

Kalle verschluckte sich und drohte zu ersticken, während Elisa einen Lachanfall bekam. Sie stellte sich Gustav ohne Augenbrauen vor und konnte gar nicht aufhören zu kichern.

„Soll ich ihnen auch mal eine Hausmarke mixen, Herr Jollenbeck?", fragte Roland trocken, während er Erste Hilfe leistete und dem mittlerweile rot angelaufenen Kalle kräftig auf den Rücken hieb.

„Das lassen sie aber mal schön sein, junger Mann!" Ilse sprach ein Machtwort, denn augenscheinlich wollte dieser Mensch ihrem Mann Alkohol einflößen. Kalle, der vor der Geburtstagsfeier klare Instruktionen bekommen hatte, winkte, noch immer hustend, ab. Roland gab sich zerknirscht. „Ich wollte doch nur helfen. Wie sieht es aus, Schwiegermutter, wollen wir uns noch einen Kleinen nach dem Essen genehmigen?"

„Ja, sicher, und du trinkst doch auch noch einen mit Ronny, oder?" Käthe wandte sich dem Neuzugang zu, der auch nach dem Essen alles andere als nüchtern wirkte.

„Noch ne Hausmarke", lallte er und Roland betätigte sich wieder als Barkeeper, während er halblaut „Trink doch einen mit" trällerte.

„Also wirklich, was soll dieses neumodische Gejohle, das ist doch keine Musik!" Käthe war nicht mehr zu halten. „In einem Polenstädtchen …", stimmte sie an, während sie den Neuzugang fest unterhakte und anfing zu schunkeln.

„… da lebte einst ein Mädchen …", stimmte Roland mit ein.

So viel deutsches Liedgut wurde Elisa zu heftig. Sie verließ fluchtartig das Wohnzimmer,

begab sich in die Küche, um klar Schiff zu machen und schloss energisch die Tür.
„…Sie war das allerschönste Kind…"
Die Tür ging auf und Lara schlüpfte ins Zimmer.
„Ich hasse es wie die Pest", schimpfte sie wütend. „Ich helfe dir mit dem Abwasch. Wenn Mutti erst einmal angefangen hat zu singen, wird sie erst auf dem Nachhauseweg damit aufhören und Roland, der blöde Klackersack, singt immer lauthals mit."
Bald gesellte sich Annerose zu ihnen.
„Ein Heller und ein Batzen …", klang es vollmundig hinter ihr her.
„Ich habe meine Zigaretten mitgebracht, wenn ich wieder ins Wohnzimmer zurück muss, nehme ich die auch mit."
„Solange du uns auch eine anbietest, kannst du gerne hier bleiben." Elisa legte ihrer Freundin vorsichtig den Arm auf die Schulter.

Etliche Zigarettenlängen später verstummten die Gesänge abrupt. Alfred steckte seinen Kopf durch die Tür. „Hier steckt ihr. Papa und die Mutti gehen jetzt nach Hause und wollen Auf Wiedersehen sagen."
Wirklich standen Elisas Schwiegereltern bereits in voller Montur im Hausflur. Während sich Gustav redlich bemühte seine abgefüllte bessere Hälfte sicher durch das Treppenhaus

zu buxieren, polterte es auf der unteren Etage heftig. Alfred schlängelte sich an seinen Eltern vorbei und spurtete nach unten. Grinsend kam er nach einiger Zeit zurück. Franz-Rainer hatte alle Hilfe von seiner besorgten Freundin strikt abgelehnt und war prompt die Treppe hinunter gefallen, hatte sich aber anscheinend nicht ernsthaft verletzt.

Auch die restlichen Gäste verabschiedeten sich bald.

Als die Gastgeber später im Bett lagen, räkelte sich Alfred zufrieden und wandte sich Elisa zu.

„Das war aber mal eine schöne Feier. Nur solltest du das nächste Mal besser darauf achten Kartoffelsalat und Würstchen zu machst..."

***

Bald nach der denkwürdigen Geburtstagsfeier siedelte Peter um. Er übernahm tatsächlich die Gaststätte ‚Zum Horster Eck', ganz in der Nähe der elterlichen Wohnung. Bisher hatte sich jeder Pächter an diesem Objekt die Zähne ausgebissen und war letztendlich in den Konkurs gegangen, doch das schreckte weder Kalle noch Peter ab, denn die zu hinterlegende Kaution und auch die zu leistende Pacht waren gering.

Elisa bot ihre Hilfe bei den nötigen Renovierungsarbeiten an und so brachten die Jollenbecks die Gaststätte erst einmal auf Vordermann. Alfred hielt sich diskret im Hintergrund. Auf Renovierungsarbeiten bei seinem Schwager hatte er keine Lust.

Auch nach der Neueröffnung halfen Ilse und Kalle fast täglich beim normalen Gastbetrieb. Elisa fuhr öfter nach der Arbeit bei ihrem Bruder vorbei, vertrat ihn für einige Zeit hinter dem Tresen, oder setzte sich einfach zu ihm und die Geschwister blödelten herum wie in alten Zeiten.
Manchmal fragte Elisa sich, wie ihr Leben wohl aussehen würde, wenn Alfred die Bundeswehrzeit hinter sich gebracht hätte und täglich zu Hause sein würde. Ob sie dann genau so über ihre Zeit verfügen könnte, wie es jetzt der Fall war? Entschlossen schob sie diesen Gedanken beiseite. Schließlich war er ein moderner junger Mann und würde nicht von ihr verlangen, sich wie seine Mutter zu verhalten.

Die Gaststätte lief gut, bald hatte sich ein fester Kundenstamm etabliert, zu dem auch die Witwe Kosolowsky mit ihren häufig wechselnden Liebhabern gehörte. Elvira Kosolowsky hatte ihren Mann auf tragische Weise verloren und war nach seinem Tod in ein emotionales und finanzielles Loch gefallen. Sie

trank mehr als ihr gut tat und das Portemonnaie zuließ. Als Folge ihres übermäßigen Alkoholkonsums verschlief sie den Tag und dachte nicht daran ihre kärgliche Rente durch einen Job aufzubessern. Bald stand ihr die Zwangsräumung bevor. Sie würde mit ihren Kindern in einer Obdachlosenwohnung, in Gelsenkirchen die Pampas genannt, leben müssen.
Elvira hatte drei Kinder. Rose, die Älteste war unglaublich dick, hatte schütteres, goldblond gefärbtes Haar und war seit Neuestem mit einem schmuddeligen Mann verheiratet, der mindestens zwei Köpfe kleiner als sie war und in einer Reinigung arbeitete. Das Pärchen wohnte bereits in der Pampas. Carina, die zweite Tochter, wies mit ihren fünfzehn Jahren schon beachtliche Kurven auf und war auch sonst in jeder Hinsicht frühreif. Hinzu kam der kleine Rüdiger, der gerade eingeschult worden war. Elvira nahm ihre jüngeren Kinder grundsätzlich mit auf ihre Exkursionen durch das Horster Nachtleben, und so lernten sich Peter und Carina nach und nach näher kennen.
Als Elisa eines Nachmittags zu einer Stippvisite im ‚Horster Eck' vorbeikam staunte sie nicht schlecht, denn Carina saß nicht vor, sondern hinter der Theke.
„Nanu, was machst du denn hinter dem Tresen und wo ist überhaupt deine Mutter?"

Peter legte den Arm um die Angesprochene. „Carina wohnt neuerdings bei mir, sie hilft hier aus."
Seine Schwester runzelte die Stirn. „Ich weiß, was du jetzt denkst", grinste Peter, „aber sie wird ja bald sechzehn. Ihre Mutter hat jedenfalls nichts dagegen."
„Ja IHRE Mutter … das kann ich mir vorstellen", stellte Elisa trocken fest. „Aber was ist mit unseren Eltern?"
Jetzt war es an Peter, die Stirn zu runzeln. „Das geht unsere Eltern überhaupt nichts an!"
„Dein Wort in Gottes Ohr, ich bin gespannt auf ihre Reaktion."

Wie Elisa es vorausgesagt hatte, waren Ilse und Kalle überhaupt nicht erbaut von Peters Untermieterin und neuer Hilfskraft. Während Kalle noch gewillt war, die Geschichte mit einem gutmütigen Augenzwinkern zu tolerieren, spuckte Ilse Gift und Galle.
„Wenn sich unser Sohn eine hergelaufene Schlampe ins Bett holt, dann kann er wohl auf unsere Hilfe verzichten."
Fürs Erste allerdings kamen die Eltern fast an jedem Nachmittag vorbei und halfen weiter aus, wobei sie Carina so gut wie möglich ignorierten. Doch die ließ alle Anfeindungen mit stoischer Ruhe über sich ergehen.

Eines Nachmittags, als Elisa, wie so oft, nach der Arbeit auf einen Sprung im ‚Horster Eck' vorbei kam, bat ihr Bruder sie um einen Gefallen.
„Du, ich wollte dich schon lange um etwas bitten. Jetzt ist die Gelegenheit günstig, Carina ist bei ihrer Mutter und es ist im Moment kein Gast hier …"
Elisa sah ihn prüfend an. „Mensch Brüderchen, da ist dir aber etwas ganz schön peinlich. Rück schon raus mit der Sprache, was ist los."
Peter, sonst eher unverklemmt, geriet ins Stottern. „Also, wenn du mal mit Carina sprechen könntest, von Frau zu Frau … Aber nur wenn es dir recht ist … Ich kann ihr das nicht so sagen …"
„Spann mich nicht auf die Folter, über was soll ich mit ihr sprechen? Verhütung?"
„Ja, das auch", feixte der Bruder. „Könntest du mit ihr zum Frauenarzt gehen, damit sie sich die Pille verschreiben lässt? Da ist aber noch etwas. Wenn du mal mit ihr über die allgemeine Hygiene sprechen würdest? Dass man täglich duscht und die Wäsche wechselt, zum Beispiel, und wie man des regelt, wenn man die Mensis hat … ", er hielt erschöpft inne und schaute seine Schwester hilflos an.
„O je, das wird aber eine Lebensaufgabe. Fangen wir mal vorne an, ich wüsste einen Gynäkologen, der die Pille auch für Minderjährige

verschreibt, ohne dass sie eine Einverständniserklärung der Eltern beibringen müssen. Das weiß ich aus Erfahrung. Meine Routineuntersuchung steht sowieso an, wenn das in Ordnung ist, so mache ich für deine Carina auch gleich einen Termin. Auf der Fahrt zum Arzt kann ich ja mal unverbindlich mit ihr sprechen, aber ein bisschen peinlich ist das schon." Peter nickte dankbar und stellte eine neue Cola vor seiner Schwester ab. „Du hast einen gut bei mir!"

Auf der Fahrt zum Gynäkologen führte Elisa ein Aufklärungsgespräch mit Peters neuer Flamme. Sie war überrascht, dass Carina sich einsichtig zeigte und überhaupt nicht beleidigt zu sein schien. Scheinbar war diese junge Frau nicht so leicht aus der Ruhe zu bringen. Umso besser, Elisa hatte ihr Bestes getan und nicht vor, sich weiter in dieser Richtung zu engagieren. Sie konnte sich nicht vorstellen, dass aus Peter und Carina auf Dauer ein Paar werden würde.
Diese Vermutung schien sich ein paar Wochenenden später zu bewahrheiten. Elvira war im ‚Horster Eck' eingekehrt, um einmal mehr die Schwangerschaft ihrer ältesten Tochter zu begießen. Sie schüttete Bier und Schnaps in sich hinein und hatte nach einiger Zeit eine ziemliche Schlagseite. Ihr kleiner Sohn Rüdi-

ger bemühte sich um ihr Gleichgewicht, indem er sie mit viel Mühe auf dem Hocker festhielt. „Ein-Bier-ein-Schnaps", lallte sie ihre nächste Bestellung.
„Meinst du nicht, dass du jetzt genug getrunken hast", mahnte der Wirt sie. „Übrigens geht es nicht, dass du den kleinen Jungen ständig nachts durch die Kneipen schleppst. Sei froh, dass ich bis jetzt nichts dazu gesagt habe."
Elvira schien mit einem Mal nüchtern zu werden, denn sie setzte sich kerzengerade auf und begann Peter wüst zu beschimpfen.„Pass mal auf, Jollenbeck! Nicht genug, dass du es mit meiner Tochter treibst, jetzt willst du mir auch noch Vorschriften machen? Ich trinke so viel ich will und ich zahle hier keinen Pfennig. Das zahlt dir meine Tochter alles in Naturalien aus. Schämen solltest du dich", so und ähnlich ging es eine ganze Weile weiter.
Peter lief rot an. Während Carina sich schnellstens in das Nebenzimmer verzog, ging er um den Tresen herum auf Elvira zu.
„Raus hier! Schlaf erst einmal deinen Rausch aus und wenn du das nächste Mal diese Gaststätte betrittst, dann erwarte ich eine Entschuldigung."
Elvira war nicht mehr zu bremsen. Sie sprang erstaunlich geschmeidig von ihrem Hocker und ging würdevoll schwankend auf den Ausgang zu. „So, jetzt wirfst du mich auch noch

hinaus? Jawohl, ich gehe und meine Tochter kommt mit", und noch eine Oktave höher in Richtung Nebenzimmer: „Carina Kosolowsky, komm sofort da raus, wir gehen nach Hause. Bei diesem Scheißkerl hast du nichts verloren." Mit einem opernreifen Abgang verließ sie die Kneipe. Carina folgte ihr mit hängenden Schultern, während der kleine Rüdiger das Schlusslicht bildete.

Es dauerte weniger als 48 Stunden, bis Elvira sich, die Kinder im Schlepptau, erneut in Peters Gastwirtschaft blicken ließ. Dieses Mal bediente Kalle hinter den Tresen, während sich Peter für einen Moment im Nebenzimmer hingelegt hatte. Kalt musterte er den neuen Gast von oben bis unten. „Soviel ich weiß, hast du hier Hausverbot, also sieh zu, dass du Land gewinnst …"

Da kam er bei Elvira an die Richtige. „Mit dir gebe ich mich gar nicht erst ab, wo ist der Wirt? Ich will ihn sofort sprechen!"

Peter, von dem Spektakel wach geworden, steckte den Kopf durch die Tür. Er kam seinem Vater zu Hilfe. „Was willst du, Elvira? Meinst du nicht, dass du genug Porzellan zerschlagen hast?"

Die Angesprochene ließ sich nicht aus der Ruhe bringen. „Ich will ganz friedlich was trinken und werde hier direkt angefeindet. Übrigens habe ich es mir überlegt; meine Tochter

kann doch weiter hier schlafen." Sie schob Carina nach vorne. Bei so viel Abgebrühtheit verschlug es Vater und Sohn erst einmal die Sprache, während Elvira auf einen Hocker kletterte. „Also, hopp, ein Bier und ein Körnchen!"
Jetzt kam Leben in den mit offenem Mund da stehenden Kalle. Er stürmte um die Ecke, ergriff einen Billard Cue und schwang ihn drohend. „Jetzt pass mal auf, du alte Hexe, wenn du nicht sofort dieses Lokal verlässt und deine Mischpoke mitnimmst, dann geschieht ein Unglück."
Während Peter amüsiert dem Schauspiel folgte, bekam es Elvira offensichtlich mit der Angst zu tun. Sie wuchtete sich vom Barhocker, der polternd hinter ihr zu Boden schlug, und spurtete Richtung Ausgang. Carina und der kleine Rüdiger folgten ihr in heller Panik. Bedächtig stellte Kalle den Cue wieder in die dafür vorgesehene Halterung.
„Siehst du, Sohn, dieses Problem hätten wir zwar nicht auf die feine englische Art, aber für immer erledigt."
Wobei er sich gründlich irrte.

***

„Das gibt's doch nicht", Elisa konnte ihre Verwunderung nicht unterdrücken, denn die erste Person, die sie beim Betreten der Gaststätte zu Gesicht bekam, war Carina, die seelenruhig auf einem Barhocker hinter der Theke saß.

„Da staunst du, woll", grinste die. „Dein Bruder und ich haben uns vertragen und meine Mutter hat ihm auch verziehen. Ich wohne wieder hier."

„Ganz so ist es nicht", mischte sich Peter verlegen ein.

„Im Grunde geht es mich nichts an, mit wem du zusammenwohnst, mein Lieber. Mach uns lieber eine Runde Bier und für Lara und mich je einen Persiko. Ihr wollt doch nicht etwa auch einen Kurzen zum Bier, oder?", mit dieser Frage wandte sie sich augenzwinkernd an Alfred und Roland.

Alfreds älteste Schwester war Elisa von Anfang an sympathisch und ihr Ehemann schien die Gemütlichkeit in Person zu sein. So ging man öfter zu viert aus. Heute hatte das Quartett sich vorgenommen, einen gemütlichen Abend im ‚Horster Eck' zu verbringen.

Peter brachte die Getränke an den Tisch und setzte sich einen Augenblick neben seine Schwester. „Sie hat eines Abends ganz verloren hier in der Kneipe gestanden", erzählte er und wies mit einem Kopfnicken auf Carina. „Offensichtlich ist sie von zu Hause ausgebüchst, weil sie es nicht mehr ertragen konnte.

Was sollte ich da machen? Übrigens habe ich sie ganz gerne und sie ist wirklich anstellig."
"Anstellig, soso! Was ist mit ihrer Mutter? Ich kann mir gar nicht vorstellen, dass die das so hingenommen hat."
Jetzt grinste Peter wieder. "Die muss einfach nur abgefüllt werden. Ist ja nicht mehr für lange, wenn Carina erst einmal sechzehn ist, dann kann die unmögliche Person etwas erleben."
"Apropos abgefüllt", mischte sich jetzt Roland ein. "Franz-Rainer-Ronny, unser neuer Schwager in spe, ist ja ein ganz schönes Früchtchen, was."
"Wie meinst du das und was heißt hier Schwager?" Alfred war ganz Ohr.
"Na ja, er will doch ständig mit uns mithalten, ist aber spätestens nach dem zweiten Weinbrand strunkelig und fällt dann ständig um. Letztens ist er doch tatsächlich über die Friedhofsmauer geschossen."
Elisa musste laut lachen. "Wollte er Probe liegen, oder was?"
"Das wäre 'ne Möglichkeit, wenn der so weiter trinkt, dann macht seine Leber bald schlapp. Wir waren bei der Mutti und haben ein bisschen was getrunken. Was kann ich dafür, wenn er bei jeder Gelegenheit nach meiner Hausmarke schreit, und dann nichts vertragen kann. Sylvia hackt auch schon immer auf mir herum, dabei ist ihr Ronny doch

selbst schuld. Jedenfalls hatte er am Ende des Abends mächtig Schlagseite. Wir wollten ihn wenigstens bis zur Bushaltestelle bringen. Der Blindfisch hätte den Stopp allein niemals gefunden. Sylvia ist schon eine Stunde früher beleidigt ins Bett gegangen. Bis zum Friedhof war alles in Ordnung, aber dann hat er plötzlich Übergewicht gekriegt. Ich wollte ihn noch festhalten, aber er war schneller und ist stumpf über die Friedhofsmauer gekippt. Was das für eine Arbeit war, den Blödmann wieder zurück zu hieven."

„... und was heißt jetzt Schwager", fragte Alfred in das allgemeine Gelächter hinein.

Lara erklärte: „Unsere Schwester hat vor ihn zu heiraten. Nächstes Jahr im Februar, um genau zu sein. Das ist eine Überraschung, nicht wahr, so schnell hat keiner damit gerechnet. Und bevor du fragst, Sylvia ist nicht schwanger, jedenfalls bis jetzt noch nicht."

In dieser Familie wurde ständig über mögliche Schwangerschaften spekuliert, so schien es Elisa jedenfalls. „Was macht Franz-Rainer eigentlich beruflich?"

„Er hat eine sehr verantwortungsvolle Tätigkeit." Roland konnte ganz schön boshaft sein, was Elisa ausgesprochen gut gefiel. „Er arbeitet bei der Firma ‚Seppelfricke' und fertigt dreizehneinhalb Toiletten am Tag an, sagt er jedenfalls. Die Ausbildung zum Maler hat er abgebrochen, das war zu anspruchsvoll für ihn."

Roland wurde in seinen Ausführungen unterbrochen, denn Elvira und ihr Clan betraten lautstark die Gaststätte, woraufhin Peter wieder zurück zum Tresen eilte, um nach dem Rechten zu schauen. Rose, Carinas älteste Schwester, war sichtlich schwanger und orderte zunächst erst einmal fünf Rollmöpse für sich. Ihr unscheinbarer, kleiner Mann hielt sich in ihrem Windschatten. Er kippte das erste Bier wortlos auf ex hinunter.

„Du meine Güte, wer ist das denn, Dick und Doof? Guck dir bloß mal an, was Doof für dreckige Hände hat, ich hoffe dein Bruder spült die Gläser ordentlich", raunte Roland seiner Schwägerin zu.

„Das hoffe ich auch", raunte die zurück. „Du wirst nicht erraten, wo der Typ arbeitet, nämlich in einer Reinigung. Dabei sehen seine Hände immer so aus. Und Dick, seine Frau, arbeitet in einer Pommesbude …"

Roland bekam einen Lachkrampf, während Lara ihm den Ellenbogen in die Seite stieß.

„Hey, hört sofort auf damit, die gucken schon her. Diese Leute an unserem Tisch, das fehlte noch!"

„Ach wo, wenn die weiter so eine Druckbetankung betreiben, dann fallen sie höchstens vom Hocker und schaffen es gar nicht mehr

bis hier her", stellte Roland nicht ohne Hochachtung fest. „Bis auf die dicke Schwangere, die bricht höchstens mit ihrem Hocker zusammen."
Tatsächlich trank Rose keinen Alkohol, aber dafür hatte sie alle Rollmöpse aus dem großen Glas, das hinter dem Tresen stand vernichtet, und rülpste vernehmlich. „Das waren fünfzehn Stück, ein neuer Rekord."
Wieder prusteten Elisa und Roland los und auch die Geschwister Gimpel grinsten.
Während die schwangere Rose im Wechsel Rollmöpse, Käse am Stiel, Schokolade und Minisalami in sich hineinstopfte, betranken sich Elvira und der mickerige Schwiegersohn in Rekordzeit. Nur der kleine Rüdiger saß verloren in einer Ecke, bis Peter ihm im Nebenzimmer den Fernseher anstellte, vor dem er irgendwann einschlief und nicht mitbekam, dass seine Mutter betrunken nach Hause schaukelte. Auch Rose klemmte sich ihren Mann unter den Arm und verabschiedete sich, immer noch dezent rülpsend mit einem drohenden: „Bis demnächst, dann hast du aber wieder Rollmöpse, woll!"
„Sag mal, großer Bruder, was meinen denn unsere Eltern zu der neuesten Entwicklung?"
Diese Frage ließ Elisa keine Ruhe und war Peter sichtlich unangenehm.

„Sie kommen nicht mehr zum Helfen. Haben sie dir das noch nicht erzählt? Sie lassen auch nicht mit sich reden. Was soll es, eigentlich waren sie ja nie für uns da. Es ist erstaunlich, dass sie mich so lange in der Kneipe unterstützt haben."
Elisa tröstete den Bruder. „Vielleicht ist es besser so, denn das wäre auf Dauer bestimmt nicht gut gegangen."
„Du hast wohl Recht und deshalb gibt es jetzt eine Runde auf Kosten des Hauses."
Der Abend wurde, trotz oder wegen der Familie Kosolowsky, ein voller Erfolg. Als sich das Quartett auf den Heimweg machte, dämmerte es bereits.

***

Das erste Weihnachtsfest, welches Elisa als verheiratete Frau erlebte, verlief einigermaßen ereignislos. Man machte die obligatorischen Besuche bei den Eltern und den Schwiegereltern, tauschte Geschenke aus und aß mehr als nötig, wie in jedem Jahr. Allerdings war Elisa enttäuscht von Alfred, denn sie hatte auf ein ganz besonderes Geschenk gehofft.
Da sie wusste, dass Alfred ein Faible für Armbanduhren hatte, suchte sie schon lange vor dem Fest eine besonders schöne, goldene Uhr aus und ließ sie gravieren. „In Liebe" stand auf

der Innenseite. Sie staunte nicht schlecht, als Alfred ihr auch eine Armbanduhr schenkte.

Noch mehr staunte sie allerdings, als ihre Schwägerin Sylvia sie bei den Schwiegereltern ansprach und sich erkundigte, ob die Uhr ihr denn gefallen würde.

„Schließlich habe ich mir Mühe gegeben, um unserem Freddy eine nette, preiswerte Uhr für dich zu besorgen."

Elisa schluckte, beschloss dann aber über diese dumme und unnütze Bemerkung hinwegzugehen.

Sie und Alfred hatten in letzter Zeit sowieso einige Differenzen. Vielleicht hatten ihr Vater und ihr Bruder recht mit ihrer Einschätzung, vielleicht passten sie und Alfred einfach nicht zueinander. Sie hatte ihn gern und manchmal war das Zusammenleben mit ihm wirklich nett, aber immer öfter ging er ihr mit seiner Schlichtheit und seiner machohaften Art auf die Nerven. Vielleicht würde ein Kind sie näher zueinander bringen?

Elisa schob diesen Gedanken entschlossen zurück in die Schublade, aus der er gesprungen war. Schließlich hatte sich Alfred zu diesem Thema überhaupt noch nicht geäußert.

1977

„… und deshalb möchten wir euch herzlich in unser neues Haus einladen."
Elisa schnappte nach Luft, denn was sie hier zu hören bekam, verblüffte sie über alle Maßen. Annerose und Mario hatten still und heimlich ein Fünffamilienhaus gebaut, in das sie bei Nacht und Nebel einzogen waren. Anneroses Vater hatte alles gemanagt und war als Einziger von allen Verwandten und Bekannten im Bilde gewesen.
„Eigentlich müsste ich dir böse sein, meine Liebe. Schließlich bin ich deine beste Freundin und du hast mir nichts erzählt. Ich war so besorgt, weil du dich in letzter Zeit ziemlich rargemacht hast, und habe das Schlimmste befürchtet. Schließlich gab es genug Schwierigkeiten zwischen Mario und dir. Ich hoffe sie sind inzwischen beigelegt?"
Annerose sah kein bisschen verlegen aus. Im Gegenteil, sie strahlte über das ganze Gesicht.
„Mario hat sich wieder eingekriegt. Das war wohl der Stress mit dem Bau. Wir haben schließlich die Innenarbeiten fast komplett allein ausgeführt. Der Umzug war dann kein Problem, denn die Möbel sind ja nagelneu und vom Möbelhaus aufgestellt worden. So mussten wir nur ein paar Kisten mit Hausrat in die neue Wohnung schaffen."

„Respekt, das muss ich schon sagen. Wir haben es gerade mal in eine größere Mietwohnung eine Treppe tiefer geschafft."
Wirklich fühlte sich Alfred in Elisas kleiner Butze nie richtig wohl. Als eine größere Wohnung im Haus frei wurde, setzte er alle Hebel in Bewegung, um dort einziehen zu können. Elisa bedauerte diesen Schritt zutiefst, denn sie hing an ihrer ersten eigenen Wohnung, sah aber ein, dass über kurz oder lang ein Wechsel unumgänglich war. Trotzdem war sie enttäuscht und traurig. Alfred hatte über den Umzug entschieden und war ganz selbstverständlich davon ausgegangen, dass sie mitziehen würde, ohne groß mit ihr darüber gesprochen zu haben.

Pünktlich um zwanzig Uhr klingelten Alfred und Elisa gebührend beeindruckt am hell erleuchteten Eingang des nagelneuen Miethauses. Eine völlig überdrehte Annerose öffnete die Tür und fiel ihrer Freundin um den Hals. „Schön, dass ihr hier seid. Kommt gleich mit in die Kellerbar, da feiern wir nämlich. Nachher zeige ich euch die Wohnung."
Elisa und Alfred verschlug es die Sprache, denn eine Kellerbar kannten die beiden nur aus Film und Fernsehen.
Der Barraum erwies sich als ein schnuckeliges, mit Holz vertäfeltes und liebevoll einge-

richtetes Zimmer, in dem sich gemütlich feiern ließ. Die meisten Gäste waren schon eingetroffen und sprachen eifrig den alkoholischen Getränken zu. Elisa steuerte die kleine Bar an, während Alfred sich noch mit seinem Freund Mario unterhielt.

Alfred hatte seine Bundeswehrzeit mit Ach und Krach hinter sich gebracht und war nach zwei Jahren als Gefreiter entlassen worden. Er behauptete immer wieder, dass der für ihn zuständige Hauptmann ihn nicht leiden konnte und so jede weitere Beförderung verhindert hatte. Elisa hörte sich seine Bundeswehrgeschichten zunächst geduldig und mit zunehmender Wiederholung unwillig an, sagte aber wenig dazu. Jetzt arbeitete Alfred als LKW Schlosser bei einer größeren Firma und schien dort gut zurechtzukommen.

Das von Elisa mit einigen Bedenken erwartete tägliche Zusammensein erwies sich als problemloser als befürchtet. Alfred bastelte in seiner Freizeit an seinem Auto, einem Opel Manta, herum oder reparierte zusammen mit Mario den einen oder anderen Gebrauchtwagen, den die beiden anschließend gewinnbringend verkauften. Er schien damit zufrieden zu sein, pünktlich das Essen serviert zu bekommen. Ansonsten hatte Elisa weiterhin freie Hand und konnte tun und lassen, was sie wollte. Allerdings lehnte Alfred es kategorisch ab,

sich an der anfallenden Hausarbeit zu beteiligen.
„Schließlich bin ich ein Mann", war sein nicht nachzuvollziehendes Argument. Das Paar geriet sich wegen dieser Einstellung öfter in die Haare, allerdings hatte Alfred hier den längeren Atem. Letztendlich erledigte Elisa die Hausarbeit allein.

„Hallo Rosemarie", sprach Elisa Anneroses Schwester an, die lässig an der Bar lehnte. „Wir haben uns lange nicht mehr gesehen. Wie geht es dir? Wo ist dein Mann?"
„Genau gesagt haben wir uns seit der Hochzeit meiner Schwester nicht mehr gesehen", antwortete die Angesprochene. „Es ist in der Zwischenzeit viel passiert. Wie ich gehört habe, hast du den flotten Freddy geheiratet. Herzlichen Glückwunsch nachträglich. Ich hatte in letzter Zeit kein Glück. Mein Mann und ich haben uns getrennt, wir werden uns scheiden lassen."
Elisa schaute betroffen drein. „Das tut mir leid. Ihr schient gut zusammenzupassen. Was ist denn passiert? Vielleicht versöhnt ihr euch ja wieder."
„Versöhnung? Das kann ich mir nicht vorstellen. Mein Exmann hat mir aus Eifersucht das Nasenbein gebrochen, aus völlig grundloser Eifersucht, möchte ich betonen."

„Du meine Güte, er hat einen so netten und ruhigen Eindruck gemacht!" Elisa war fassungslos. Was ist denn bloß mit den Männern los? Drehen die jetzt alle durch? „Jedenfalls hast du noch Glück im Unglück gehabt, denn man sieht dir wirklich nicht an, dass die Nase gebrochen war." Vergeblich suchte sie nach den Spuren der Misshandlung.
„Das ist einige Zeit her", Rosemarie hielt das Gesicht ins Licht. „Ist gut geworden, nicht wahr. Meine Nase sieht besser aus als vorher. Der Doktor hat sich aber auch alle Mühe gegeben. Das hat sich für ihn und mich gelohnt."
Elisa wusste nicht, was sie zu dieser Geschichte sagen sollte und wechselte vorsichtshalber das Thema. „Jedenfalls ist das Haus toll geworden."
Rosemarie lächelte ironisch. „Meine kleine Schwester hat es immer schon verstanden unseren Vater um den Finger zu wickeln."
Elisa schüttelte den Kopf und wandte sich demonstrativ ihrer Freundin zu, die am anderen Ende der Bar stand. „Der rote Overall steht dir richtig gut, Perle! Willst du mich heiraten?"
Dieses Angebot rief Alfred und Mario auf den Plan, die beiden steuerten ihre Frauen an. Allerdings kam Mario nicht weit. Er wurde von seiner Schwägerin Rosemarie abgefangen und gleich in ein Gespräch verwickelt, in dessen

Verlauf sie ihm tief in die Augen schaute und sich immer näher an ihn heranschlängelte.
„Sag mal, Anne, stört dich das gar nicht?", fragte Elisa mit einem Blick auf den Herrn des Hauses, der sich sichtlich geschmeichelt fühlte.
Annerose zuckte mit den Schultern. „Sie versucht sich schon seit unserer Hochzeit an Mario ranzumachen. Meine Schwester ist permanent eifersüchtig auf mich. Sie hat schon immer versucht, mir alles und jeden vor der Nase wegzuschnappen."
Elisa ergriff die Initiative und hakte sich entschlossen bei Mario unter. „Jetzt hast du aber genug mit der schönen Schwägerin geschäkert. Los, wir tanzen und anschließend zeigst du uns den Rest des Hauses, natürlich zusammen mit deiner Frau."
Im Laufe des Abends wurde noch häufig getanzt und viel getrunken. Mario lief zu Höchstform auf. Er stieß, zum allgemeinen Gaudium zusammen mit einer mehr als stämmigen Bekannten zu jeder vollen Stunde den Tarzanruf aus. Irgendwann versammelte er alle weiblichen Gäste um sich.
„Mädels, ich möchte einmal in meinem Leben unter allen im Raum versammelten Weibern liegen!"
Diese Bitte musste er nicht zweimal äußern. Unter lautem Gejohle stürzten sich alle Mädel

auf ihn. Nach Luft japsend arbeitete er sich unter so viel geballter Weiblichkeit hervor.
„Das ist mir jetzt doch ein bisschen zu heftig", keuchte er.
„Vielleicht versuchst du's erst einmal mit mir allein", das konnte nur von Rosemarie kommen.
Mario grinste. „Ich überlege es mir und sage dir rechtzeitig Bescheid …"

***

Franz-Rainer und Sylvia hatten ihren Hochzeitstermin wirklich für den Februar festgesetzt, sodass wieder einmal eine Familienfeier anstand.
Elisa war schon sehr gespannt darauf, aber noch kribbeliger wurde sie, wenn sie an den ersten gemeinsamen Urlaub dachte. Zusammen mit Annerose hatte sie einen dreiwöchigen Urlaub auf Grand Canaria geplant, von den Männern absegnen lassen und anschließend gebucht. Bei dem Gedanken daran wurde Elisa ganz aufgeregt, denn eine so weite Flugreise hatte sie noch nie gemacht. Das war allerdings nichts zu der Gemütsverfassung, in der sich Annerose befand, wenn sie an den Urlaub dachte. Anne, die ihren Urlaub bis dato immer zu Hause verbracht hatte, stellte einen riesigen Fragenkatalog zusammen, mit dem sie die Angestellte im Reisebüro löcherte.

Es ging mit der Frage „ist es auf Grand Canaria warm" los und endete mit einem endlosen Palaver über die Ausstattung der gebuchten Apartments. „Gibt es dort auch einen Schneebesen und sollte ich nicht lieber vor Benutzung alles desinfizieren".
Elisa verdrehte genervt die Augen, Alfred verließ kurzerhand das Reisebüro und Mario grinste vor sich hin, er schien solche Auftritte gewohnt zu sein.

Doch jetzt wurde erst einmal die Hochzeit von Sylvia und Franz-Rainer Wuttke gefeiert, wobei die Gimpels Ronnys Familie kennenlernten und zwar gründlich.
Anders als bei Elisas und Alfreds Hochzeit, fand diese Feier im ganz kleinen Kreis statt. Das Hochzeitspaar hatte die Eltern und Geschwister eingeladen und alle anderen Verwandten außen vor gelassen. So kam den Gästen selbst das kleine Hinterzimmer der Kneipe, in der gefeiert wurde, riesig vor. Nach dem Essen murkste der Bräutigam an seiner Stereoanlage herum, während sein Bruder Ewald ihn lautstark daran erinnerte, dass er schon seit seiner Kindheit mit allen technischen Fragen überfordert war. Endlich gelang das Wunder, die Stereoanlage quäkte, es konnte getanzt werden.

„Was meinst du, Schwager?" Elisa schaute Roland auffordert an. Der ließ sich nicht zweimal bitten. Die beiden eröffneten den Tanz, indes das Brautpaar mehr oder weniger laut mit Franz-Rainers Eltern und dessen Bruder diskutierte.
„Egal was die feiern", grinste Roland mit Blick auf die Brautleute. „Ich werde heute einen schönen Abend verleben."
Nach und nach schienen sich die Gemüter zu beruhigen und die Hochzeit einigermaßen gesittet über die Bühne zu gehen. Elisa und Roland tanzten öfter miteinander, sogar Gimpel Senior wurde immer lockerer. Gustav schwang das Tanzbein mit seiner Frau, wobei man den Eindruck gewinnen konnte, als würde er die Melodie leise mitsummen. Allerdings tanzte er weder mit seinen Töchtern noch mit Elisa.
Wie anders war ihr Vater, der sich wesentlich lockerer gab, als der hölzerne Schwiegervater. Kalle tanzte gern und gut. Er hatte seiner Tochter die Standarttänze beigebracht, indem er mit ihr zusammen zu den Tanzabenden ging, die in einer nahegelegenen Gaststätte stattfanden. Allerdings sorgte er gleichzeitig dafür, dass keiner der anwesenden Knaben seiner Tochter zu nahe kam. Die damals gerade fünfzehnjährige Elisa war, ob des väterlichen Bollwerks, schier verzweifelt. Seit sie geheiratet hatte, war das Verhältnis zu ihrem

Vater eher unterkühlt, was Elisa sehr bedauerte.
„Hey", Lara stupste sie an. „Was machst du denn für ein Gesicht? Du wirst dir doch kein Beispiel an den Brautleuten nehmen?"
Elisa schüttelte die trüben Gedanken ab. „Nein, ich feiere heute. Leihst du mir deinen Mann noch mal für einen Tanz aus?"
Lara grinste. „Gerne, wenn er mich dann mit der Hopserei in Ruhe lässt."
Um Mitternacht begab sich endlich auch das Brautpaar auf die Tanzfläche. Die beiden drehten sich zu den Klängen eines langsamen Walzers, als Franz-Rainers Vater plötzlich wie vom wilden Affen gebissen aufsprang. Er stürzte auf die Braut zu und riss an ihrem Schleier, der fatalerweise noch komplett mit Haarklammern festgesteckt war. Die Braut ging bei dieser merkwürdigen Attacke in die Knie, rappelte sich aber sofort wieder auf und schlug beherzt auf ihren Schwiegervater ein. Der wiederum beschimpfte die Brautleute auf das Übelste. Schließlich verließ die Braut laut schluchzend das Hinterzimmer, um sich zunächst einmal auf der Damentoilette zu verbarrikadieren. Die Hochzeitsgäste schauten sich an.
„Was war das denn?", fragte Lara konsterniert.
„Vielleicht ist das eine Hochzeitssitte in der Familie des Bräutigams: Wie skalpiert man die

Braut auf schnelle und schmerzvolle Art."
Auch Elisa konnte dem Verlauf dieser Hochzeit nicht folgen.

Franz-Rainer, der seiner Frau auf die Toilette nachgelaufen war, kam mit geballten Fäusten wieder in das Zimmer. „Ihr könnt mich alle am Arsch lecken", verkündete er vollmundig und schlug die Tür lautstark hinter sich zu, gefolgt von seiner Familie, die wortlos das Terrain räumten.

Die Gimpels schauten sich ratlos an. Roland erwachte als erster aus der allgemeinen Erstarrung. „Nix da, ich bin hier auf eine Hochzeit eingeladen. Wenn das Brautpaar sich vor der Zeit zurückzieht, so ist das nicht mein Problem."

„Da hast du recht", meinte Elisa, „aber wir sollten lieber an die Theke gehen und das mit dem Wirt abklären."

Was man auch tat und anschließend weiterfeierte.

„Das war mal eine nette Hochzeitsfeier", stellte Alfred zu vorgerückter Stunde fest.

„Ja", stimmte sein Schwager Roland ihm zu, „ich jedenfalls habe das Brautpaar nicht vermisst. Wer weiß, in welches Loch der Blindfisch von Franz-Rainer-Ronny wieder gefallen wäre ... und wer hätte ihn rausziehen müssen?"

„Du", in diesem Fall waren sich alle einig.

Nach der gründlich in die Hose gegangenen Hochzeitsfeier tauchten die Jungvermählten erst einmal ab. Obwohl sie nicht weit entfernt wohnten, begegnete man ihnen nicht einmal mehr zufällig auf der Straße. Das änderte sich schlagartig, als Sylvia schwanger wurde. Sie hörte einen Tag nach dem Arztbesuch und der Verkündung der frohen Botschaft auf zu arbeiten und konzentrierte sich vollkommen auf das freudige Ereignis. Nun besuchte sie ihre Mutter fast jeden Tag. Dabei ging man über die verunglückte Feier hinweg, als ob sie stattgefunden hätte.

Fast zeitgleich stellte der stolze Vater fest, dass er außerstande war, die dreizehneinhalb Toiletten am Tag herzustellen, weil er davon Rückenschmerzen bekam. So kündigte der den Job, wurde aber sofort als Lagerarbeiter an eine andere Firma vermittelt. 1977 konnte man sich noch auf das Arbeitsamt verlassen.

Damit hatte Franz-Rainer nun überhaupt nicht gerechnet. Seine Rückenschmerzen verschlimmerten sich in Windeseile, sodass er längerfristig krankgeschrieben wurde. Medikamente schienen nicht zu helfen. Der, inzwischen in allen den überbeanspruchten Rücken betreffenden Fragen versierte Ronny drängte seinen Arzt zu einer Operation. Der Doc war zögerlich, der Rückenkranke aber ließ nicht locker und kam wirklich unters Messer. Leider

verschlimmerte die Operation sein Leiden drastisch, sodass er sich nicht in der Lage sah, irgendeine Arbeit zu verrichten. Im stolzen Alter von vierundzwanzig Jahren stellte Ronny den ersten Rentenantrag, der abgelehnt wurde. Damit hatte der zukünftige Rentner gerechnet. Er reichte eine Klage vor dem Sozialgericht ein, denn schließlich galt es, sich für immer aus dem Arbeitsleben zu verabschieden und hinfort auch ohne Tätigkeit glücklich zu sein.
„Donnerwetter", kommentierte Kalle beeindruckt. „Ich habe wenigstens dreißig Jahre auf meine Rente hingearbeitet. Dieser junge Mann ist wirklich kreativ, das muss man ihm lassen."
Da das Geld knapp wurde, ging die schwangere Sylvia in einem Steuerbüro putzen, was ihren Mann nicht weiter störte. „Bewegung ist gut für den Verlauf der Schwangerschaft", sagte er oft und gern.
Bei dem Gedanken an diesen mehr als abgebrühten Spruch schüttelte Elisa den Kopf. So viel Langmut hatte sie der sonst so couragierten Sylvia gar nicht zugetraut.
„Das würdest du niemals sagen, wenn ich schwanger wäre … oder?" Ein zaghafter Vorstoß in die richtige Richtung konnte nicht schaden.
Alfred schaute alarmiert auf den nicht vorhandenen Bauch seiner Frau. „Du bist doch wohl

nicht schwanger, was! Kinder können wir uns noch nicht erlauben, das hat sehr viel Zeit!"
„Keine Sorge, das würde ich nicht ohne dich entscheiden. So weit müsstest du mich kennen."
Elisa beruhigte ihren blass um die Nase gewordenen Mann. Sie nahm sich vor, irgendwann ernsthaft mit ihm über dieses Thema zu diskutieren.

***

Die Koffer waren gepackt, Annerose und Mario hatten einen Bekannten organisiert, der die zwei Pärchen nach Düsseldorf chauffieren wollte, von wo der Flieger in Richtung Gran Canaria abhob.
„Du meine Güte, was hast du denn alles mitgenommen", staunte Elisa, als sie Anneroses Gepäck zu Gesicht bekam.
Statt seiner Frau antwortete Mario. „Anne ist bekloppt, sie hat Lebensmittel für drei Wochen eingepackt: Salami und Knäckebrot, Kaffee, Margarine und auch noch Mausespeck und Lakritz. Von den Putzmitteln einmal abgesehen."
„Ja und, nachher gibt es dort nichts Vernünftiges zu kaufen", konterte Annerose entrüstet.
„Wenn das mal gut geht", murmelte Alfred, während sich seine Frau jeden Kommentar verkniff und gespannt auf das Einchecken

wartete. Wie schon vermutet war Anneroses Gepäck hoffnungslos übergewichtig, sodass sie schweren Herzens die Lebens- und Putzmittel am Flughafen zurücklassen musste. Während des gesamten Hinflugs haderte sie mit ihrem Schicksal und meckerte über die Fluggesellschaft.

Die schlechte Laune hielt an. Während Alfred und Elisa mit dem Hotel und ihrem Apartment sehr zufrieden waren beschwerte sich Annerose unentwegt. Das Hotel wäre zu weit weg vom Strand, der Swimmingpool zu klein, die Hotelbar nicht gut bestückt und das Frühstück nicht reichlich genug. Es gab auf dem Grundstück wilde Katzen, was Annerose schrecklich fand. Auch das Apartment sagte ihr nicht zu. Sie bedauerte immer wieder, den Urlaub überhaupt gebucht zu haben. Mario nahm ihr ständiges Palaver mit stoischer Gelassenheit hin und bemühte sich, das Beste aus der Situation zu machen.

Elisa und Alfred mieteten für einen Tag einen Jeep und fuhren damit kreuz und quer über die Insel. Mario hätte sich gerne eingeklinkt, aber Annerose verbot ihm das kurzerhand. Sie argumentierte, dass ihr vom Autofahren schlecht würde. Überhaupt habe sie beim Chefkoch gerade für diesen Tag ein besonderes Dinner für sich und Mario bestellt. Schweren Herzens blieb Mario also bei seiner Frau im Hotel, während Elisa und Alfred die Insel von einer ganz anderen Seite kennenlernten und einen richtig schönen Tag verlebten.

Am nächsten Morgen kamen sie aus dem Schwärmen gar nicht mehr heraus. Mario wurde während ihrer Schilderungen immer stiller.

„Nun erzählt schon, wie war euer spezielles Dinner? Sicher hat sich der Chefkoch alle Mühe gegeben", bemühte sich Alfred den Freund aufzumuntern.

„Na ja", mit einem Seitenblick auf Annerose erzählte Mario aus seiner Sicht. „Der Tintenfisch war zäh wie Einweckgummi und der Wein wäre gut als Essig durchgegangen."

Auweia, Elisa wechselte schnell das Thema, denn Annerose lief verdächtig rot an.

„Jedenfalls gehen wir heute Abend in die Disco, nicht wahr. Ich freue mich schon unheimlich darauf." Sie stupste ihre Freundin an. „Los meine Liebe, jetzt stürzen wir uns ins Wasser und kühlen uns ab."

„Meinst du, wir können jetzt drüben anklopfen?"

Elisa und Alfred waren ausgehfertig, hatten aber einen Augenblick gewartet, da aus dem Nachbarapartment laute Stimmen zu hören waren. Scheinbar stritten Annerose und Mario heftig, jetzt allerdings herrschte eine geradezu gespenstische Stille.

„Also ich gehe jetzt in die Disco, mit oder ohne die beiden!"

Entschlossen klopfte Alfred an die Apartmenttür. Mario öffnete. Hinter ihm erschien Annerose in einem bodenlangen und hautengen Lurexkleid. Elisa holte tief Luft und schaute an sich herab. Vorhin war sie sich mit ihrem luftigen Sommerkleidchen noch total hübsch vorgekommen, jetzt fühlte sie sich wie das hässliche Entlein.

Alfred musterte die Glitzerfee kurz. „Hallo Gary Glitter! Glaubst du nicht, dass der Fummel ein bisschen zu overdressed ist? Du wirst jeden geilen Aufreißer auf dem Hals haben."

„Das habe ich ihr vorhin schon gesagt", Mario war völlig konsterniert. „Da ist ja oben rum fast gar kein Stoff und es passt nicht mal Unterwäsche drunter, auch nicht unten."

Prinzessin Annerose ließ sich nicht beirren und schwebte in Richtung Fahrstuhl davon, sodass nichts anderes übrig blieb, als ihr zu folgen.

„Das Weib macht mich wahnsinnig", murmelte Mario seinem Freund zu.

In der Disco erregte Annerose das von ihr beabsichtigte Aufsehen, zumal sie sich so weit weg von Mario wie möglich platzierte.

Während Elisa mit Alfred tanzte und sich mit ihm und Mario unterhielt, wurde Annerose ständig zum Tanzen aufgefordert. Sie schien es zu genießen. Mit glitzernden Augen und roten Wangen ließ sie sich von dem einen oder anderen Tänzer zu einem Cocktail einladen. Währenddessen erinnerte Mario Elisa immer mehr an ein Atomkraftwerk kurz vor dem Supergau. Als ein besonders aufdringlicher Mann Annerose immer wieder mit der Hand über den nackten Rücken strich, brannten ihm alle Sicherungen durch. Steif wie ein Brett stolzierte er auf die Zwei zu, nahm den gerade servierten Cocktail und schüttete ihn dem Rückenstreichler über den Kopf.
„Ich hoffe jetzt bist du etwas abgekühlt", knurrte er, packte die völlig perplexe Annerose rüde am Arm und zerrte sie zum Ausgang.
Alfred und Elisa schauten sich an und wussten nicht, ob sie lachen oder es besser lassen sollten.
„Ich glaube wir warten eine Weile, ehe wir hinterher gehen", meinte Alfred nicht zu Unrecht. „Das Theater hat sie sich selbst zuzuschreiben."
In diesem Falle musste Elisa ihm ausnahmsweise einmal Recht geben.

Bis zum Mittag herrschte im Nachbarapartment die Ruhe vor dem Sturm, dann allerdings brach ein wahrer Tornado los. Annerose schrie, Mario brüllte, es klang verdächtig nach umfallenden Möbeln. Elisa, die es sich auf dem Balkon bequem gemacht hatte, war ratlos. Sollte sie nach dem Rechten schauen, oder doch lieber so tun, als ob sie nichts hören würde? Sie entschied sich für Letzteres, packte ihr Handtuch und ging zu Alfred an den Swimmingpool.

Später gesellte sich, verlegen grinsend, Mario zu ihnen. „Ich habe wohl ein bisschen die Beherrschung verloren, tut mir leid, wenn ich euch den Abend verdorben habe."

Alfred hieb ihm auf die Schulter. „Schwamm drüber, alter Junge. Ich hätte genau so reagiert, aber meine Elisa macht solche Spirenzken erst gar nicht. Du hättest sehen müssen, wie der Fummler da gestanden hat. Wie ein begossener Pudel."

„Was ist denn mit Anne?", meldete sich Elisa zu Wort. „Kommt sie gleich auch oder soll ich einmal nach ihr schauen?"

„Die lass mal lieber in Ruhe, sie hat sich gerade hingelegt und will erst mal pennen. Sie hat gestern wohl etwas wenig Schlaf bekommen."

Elisa schaute Mario zweifelnd an. „Meinst du wirklich?"

„Ja, ganz bestimmt. Sie hätte jetzt lieber ihre Ruhe."

Bis zum Abend hatte Elisa immer noch kein Lebenszeichen von ihrer Freundin gehört. So klopfte sie zaghaft an die Apartmenttür.
Alfred und Mario saßen noch an der Bar und überlegten einmal mehr, wie sie einen schwunghaften Autohandel eröffnen könnten. Mit jedem Drink wurden die Pläne konkreter, die Aussichten rosiger. Gut, dass die beiden am nächsten Morgen wieder fest auf dem Boden der Tatsachen standen.
Wieder klopfte Elisa, dieses Mal energischer. Nach einiger Zeit öffnete sich zögernd die Tür. Eine zerzauste und völlig derangierte Annerose blinzelte aus verquollenen Augen.
„Ach du grüne Neune", entfuhr es Elisa, denn die Freundin hatte offensichtlich ein blaues Auge.
„Der Mistkerl hat mich durchgelassen", murmelte Anne undeutlich. „Jetzt tut mir alles weh."
Elisa schob die Freundin wieder ins Bett und sorgte für eine kalte Kompresse.
„Mensch, Mädel, ihr seid beide bescheuert. Wie konntest du ihn bloß so provozieren. Obwohl – das rechtfertig nicht, dass er dich geschlagen hat."
„Nicht nur das, er hat auch noch die Möbel umgeworfen." Annerose drückte sich die Kompresse aufs Auge. „Anschließend hat er sie so gut es ging wieder aufgestellt und zu-

sammengekloppt." Sie grinste die Freundin an, die aus dem Kopfschütteln nicht mehr herauskam.
„Was willst du jetzt machen, lässt du dich scheiden?"
Annerose tippte sich an die Stirn. „Ich bin doch nicht blöd. Jetzt wo gerade das Haus fertig ist. Allein kann ich die Belastung nicht tragen. Lass mal gut sein. Morgen sieht die Welt schon wieder anders aus. Wie du es schon sagtest: Ich habe Mario ganz schön geärgert. Manchmal geht es halt mit mir durch."

Die restlichen Urlaubstage verliefen eher harmonisch. Mario verhielt sich seiner Frau gegenüber ausgesprochen liebevoll und zuvorkommend, während Annerose ihr Veilchen überschminkte so gut es ging. Man hätte meinen können, dass die beiden eine harmonische und glückliche Ehe führen würden.

***

Auch eine andere Ehe lief wieder einmal völlig neben der Spur. Elisas Eltern schienen endgültig den Rosenkrieg ausgerufen zu haben.
Kalle war nicht umsonst Frührentner geworden. Er hatte mehrere Bandscheibenvorfällen und eine schwere Operation, bei der ihm zwei Drittel seines Magens entfernt wurden, hinter

sich. Jeden Tag nahm er einen umfangreichen Medikamentencocktail zu sich, was sich im Zusammenhang mit Alkohol fatal auswirkte. Zudem hatte er seinen Aushilfsjob verloren, sodass das Geld wieder einmal knapp wurde. Daraufhin keifte, schimpfte und meckerte Ilse wie früher. Auch bekam sie wieder regelmäßig ihre eingebildeten Herzattacken. Der frustrierte Kalle trank bei solchen Gelegenheiten wider besseres Wissen mehr als er vertragen konnte. Anschließend wurde er ausfallend, wütete gegen sich und seine Frau.
Elisa versuchte die elterlichen Streitigkeiten zu ignorieren. Sie war zu der Ansicht gelangt, dass den beiden einfach nicht zu helfen war. So verliefen alle Familienfeste im Hause Jollenbeck wieder verkrampft. Man konnte nie sicher sein, ob sich die Eltern vertrugen oder wieder einmal einen ihrer Machtkämpfe austragen würden.

Wenigstens schien es Peter mit seiner Kneipe gut zu gehen. Er und Carina bewirtschafteten das ‚Horster Eck' zusammen und schienen ihr Auskommen zu haben.
Elvira hatte sich etwas zurückgenommen, nachdem Peter ihr am sechzehnten Geburtstag ihrer Tochter klar gemacht hatte, dass er das Jugendamt einschalten würde, wenn sie sich weiter so unverantwortlich ihren unmündigen

Kindern gegenüber verhielt. Elviras Aufforderung: „Los, komm sofort mit, das müssen wir uns nicht gefallen lassen", lief ins Leere. Carina erklärte ihrer Mutter, dass sie hinter ihrem Freund stehen würde und nicht vor hatte, je wieder in der Pampas zu leben. Im Gegenteil, Peter hätte ihr fest versprochen, alles dafür zu tun, dass ihre Familie eine menschenwürdige Unterkunft bekam. Das schien Elvira ins Grübeln gebracht zu haben, denn sie hielt sich neuerdings zurück.
Peter hielt sein Versprechen. Er sorgte dafür, dass nicht nur Elvira mit dem kleinen Rüdiger, sondern auch Rose mit Mann und Tochter in eine neue Wohnung ganz in der Nähe seiner Gaststätte umziehen konnten.

***

Der Jahreswechsel wurde zünftig in Anneroses und Marios Kellerbar begangen.
Um Mitternacht setzte sich Elisa von den übrigen Gästen ab und schaute sich gedankenverloren das Feuerwerk über Gelsenkirchen an.
Was würde das neue Jahr bringen? Jetzt war sie bald zwei Jahre verheiratet, aber von einer idealen Beziehung zwischen Alfred und ihr konnte man bei aller Liebe nicht reden. Zwar fetzten sie sich nicht, wie das ihre Eltern, oder Annerose und ihr Mann taten, aber trotzdem war immer eine Distanz zwischen ihnen. Oft

kam es Elisa vor, als ob sie und Alfred einfach nicht die gleiche Sprache sprechen würden.
Der bemühte und rücksichtsvolle Verlobte hatte sich in ein ewig nörgelndes Muttersöhnchen verwandelt oder war er das immer schon gewesen?
Hinzu kam, dass sich Käthe ständig in alles einmischte und ihre Schwiegertochter permanent beim Sohn schlecht machte.
Alfred gab die Kritik meist ungefiltert an seine Frau weiter und das führte natürlich oft zu Problemen. Versuchte Elisa ein klärendes Gespräch mit ihrer Schwiegermutter zu führen, so führte auch das zu Stress zwischen Alfred und ihr. Käthe hielt sich dann im Hintergrund und konnte sich meist ein hämisches Grinsen nicht verkneifen.

Annerose gesellte sich zu ihr und verscheuchte die trüben Gedanken.
„Hier, Perle, ich habe dir ein Glas Sekt mitgebracht. Das ist gut gegen dumme Grübeleien. Im neuen Jahr wird alles besser! Darauf stoßen wir jetzt an."
Elisa nahm lächelnd das angebotene Glas.
„Auf uns, die besten Freundinnen der Welt!"

1978

„Jetzt beeil dich gefälligst, wir wollen Mutti nicht warten lassen!" Alfred war sichtlich nervös, obwohl eigentlich kein Grund vorlag.
„Ja, ja, deine Mutter kann das Baby auch ohne uns anschauen, was soll die Eile? Übrigens muss ich sowieso noch mal."
Alfred stöhnte gequält. Wenn er etwas nicht ausstehen konnte, dann war es auf jemanden zu warten. Seine Frau ließ sich heute wieder einmal ganz besonders viel Zeit.
Elisa schloss mit Nachdruck die Badezimmertür ab und setzte sich auf den Wannenrand. Sie hatte überhaupt keine Lust den Nachmittag mit den Gimpels zu verbringen.
Zuerst wollte man die Schwägerin Sylvia im Krankenhaus zu besuchen und das neugeborene Mädchen zu bewundern. Anschließend war ein fröhliches Kaffeetrinken bei der Schwiegermutter angesagt.
Alfred hatte alles gemanagt und den Sonntag komplett verplant. Seufzend stand Elisa auf und betätigte zur Sicherheit die Toilettenspülung. Ihr Mann sollte nicht mitbekommen, dass sie einfach ein paar Minuten allein sein wollte.

Vor dem Krankenhaus wartete bereits der Gimpelclan. Elisa entdeckte zu ihrer Verwunderung ein unbekanntes Gesicht.
„Das ist Walter Waczolla, Carmens neuer Freund", klärte Lara sie auf.
In Gedanken überschlug Elisa, wie alt Alfreds jüngste Schwester war. „Wenigstens ist Carmen schon aus der Schule entlassen worden."
Lara ließ es sich nicht nehmen ihre Schwägerin umfassend aufzuklären. „Entlassen worden schon, aber aus der achten Klasse, unser Küken ist zwei Mal kleben geblieben. In ihrem Entlassungszeugnis hat sie es tatsächlich auf fünf Fünfer gebracht. Kein Wunder, wo sie sich doch mit einer Lehrerin geprügelt hat."
Elisa schaute ungläubig auf. „Was?"
„Ja, wirklich. Carmen hatte keinen Bock auf Hausaufgaben und das wohl lautstark geäußert. Die Lehrerin reagierte prompt und fing eine Diskussion an. Als Carmen die Argumente ausgegangen sind, ist sie ein bisschen ausfallend geworden, da hat ihre Klassenlehrerin ihr eine geklebt. Unsere Kleine schlug zurück, im wahrsten Sinne des Wortes. Da ihre Leistungen in der Schule sowieso zu wünschen übrig ließen, hat sie das schlechteste Zeugnis ever verpasst bekommen."
„Ach herrje, da waren eure Eltern aber bestimmt geschockt, oder?"

„Gar nicht, die Mutti ist der Meinung, dass ein Mädchen keine Ausbildung braucht, weil es sowieso heiratet. Das hat sie mir schon immer gesagt. Deshalb habe ich bis zu meiner Hochzeit in der Strumpffabrik gearbeitet, obwohl ich gerne eine Lehre als Schneiderin gemacht hätte. Unsere Carmen ist in einem Reinigungsshop beschäftigt, aber ich glaube nicht, dass sie das auf die Reihe kriegt." Lara ließ sich ihre Worte auf der Zunge zergehen. „Die Kleine sieht ja wirklich gut aus, aber sie ist Stroh doof."

Inzwischen war man auf der Entbindungsstation angekommen.

Sylvia präsentierte stolz ihre Tochter. „Die Kleine heißt Maren", verkündete sie.

Gustav trat näher an die Scheibe, hinter der eine lächelnde Säuglingsschwester das Baby sanft im Arm wiegte.

„Donnerwetter auch, was ist das Kind hässlich", gab er sein Urteil ab und an seinen Sohn gewandt fügte er hinzu: „Du bist ja schon hässlich gewesen, aber dieses Kind ist noch schäbiger!"

Der folgende Tumult war filmreif:

„Guuustav", schrie Kittel-Käthe.

„Ist doch wahr", brummelte Grummel-Gustav.

Die Wöchnerin heulte auf und lief weinend den Flur entlang.

„Ihr könnt mich alle am Arsch lecken", das war einmal mehr der stolze Vater.
„Der könnte sich auch mal einen anderen Spruch einfallen lassen", gab Roland zu Besten.
„Aber so hässlich bin ich auch nicht gewesen", kam es leise von Alfred.
Elisa sah sich um, denn hinter ihr kicherte es leise. Sie hätte schwören können, dass Carmens neuer Freund sich köstlich amüsierte.

Später beim Kaffeetrinken redete Käthe ihrem Mann ins Gewissen. „Wie kannst du nur sagen, das Kind wäre hässlich!"
„Aber das stimmt wirklich", beharrte Gustav auf seinem Standpunkt.
„Papperlapapp, alle Neugeborenen sind faltig wie die Ferkel. Das Kind ist nicht schäbiger als andere auch. Überhaupt, auch unser Freddy war nicht sooo hässlich. Als er älter wurde, hatte er wirklich sehr schöne Locken."
Die Grimasse, welche Gustav jetzt schnitt, kam einem Lächeln sehr nahe. „Ja und mit Laras Kleidern sah er aus wie ein kleines Mädchen", jetzt wurde er wieder grimmig. „Aber du musstest ihm die Locken ja unbedingt abschneiden lassen!"
„Wie, was", Elisa fing einen warnen Blick von Freddy-Lockenköpfchen auf und fragte lieber

nicht weiter. Allerdings war Käthe jetzt nicht mehr zu stoppen, sie sprudelte los.

„Du musst wissen, dass Gustav lieber Mädchen gehabt hätte. Deshalb trug Alfred in den ersten Lebensjahren Laras Kleider auf. Aber dann hatte er einen Autounfall. Scheinbar ist er auf die Fahrbahn gelaufen und unters Auto gekommen. Ich sehe die Szene noch immer: Der Fahrer trug das bewusstlose Kind bis zu unserer Wohnungstür. Er sagte die Kleine ist mir vors Auto gelaufen. Am nächsten Tag bin ich mit dem Kind zum Friseur gegangen. Schließlich war es doch ein Junge", ein kurzer Seitenblick auf Gustav, „das hat mir eine Menge Ärger eingebracht."

Elisa wollte es nicht glauben. Was ihre Schwiegermutter so locker erzählte, schien einem schlecht gemachten Psychothriller entsprungen zu sein. ‚Psycho für Arme', dachte sie, hielt aber nach einem schnellen Blick auf Alfred lieber den Mund. Sie konnte gut verstehen, dass ihm diese Story unendlich peinlich war und versuchte dem Gespräch eine neue Richtung zu geben. Sie wandte sich Carmens neuem Freund zu, der interessiert zuhörte.

„Du bist also Walter. Ist das heute dein Antrittsbesuch?"

„Das könnte man so sagen", gab er zurück. „So lerne ich die ganze Familie auf einen Schlag kennen und bin direkt im Bilde."
Elisa grinste ihn an. „Das bist du jetzt wohl."
Alfred war sichtlich froh über die Ablenkung von seiner Karriere als Mädchen. „Was arbeitest du denn, oder willst du auch Rentner werden, wie unser frischgebackener Vater", fragte er feinfühlig wie immer.
Wieder ein belustigtes Lächeln. „Ich habe Elektriker gelernt und arbeite unter Tage. Wir Püttrologen werden sowieso alle Frührentner. Ich gehe spätestens mit fünfzig Jahren in Rente, dann bist du noch richtig am rackern."
Darauf wusste Alfred keine Antwort, doch seine Schwester Carmen trug ihren Anteil zur Unterhaltung bei. „Wie das unter Tage ist, weiß ich genau, schließlich bin ich schon einmal im Bergbaumuseum gewesen."
Ihr Freund schaute einen Augenblick irritiert. „Mein Arbeitsplatz sieht aber schon etwas anders aus."
Roland schlug ihm auf die Schulter. „Mach dir nix draus, sie sagt öfter ziemlich doofe Sachen. Sie meint das nicht so. Nicht wahr, Carmen."
Die Angesprochene öffnete den Mund, da ihr aber keine Entgegnung einfiel, klappte sie ihn wieder zu, nicht ohne sich ein Stück Kuchen

hineingestopft zu haben. Dann besann sie sich anders.
„Walter und ich wollen bald heiraten", verriet sie mit vollem Mund.
„Donnerwetter, das geht aber flott."
Die Familie war gebührend beeindruckt, selbst Gustav und Käthe schienen überrascht von dieser Ankündigung.
„Ein Glück", brummte Gustav schließlich. „Dann brauche ich dich nicht mehr lange mit durchzufüttern, wo du in der Reinigung rausgeflogen bist."
„Ich bin nicht rausgeflogen, sondern von selber gegangen. Dieser Job war einfach nichts für mich", erklärte Carmen. „Wo ich sowieso bald heirate, brauche ich auch gar nichts anderes mehr anzufangen."
Elisa wechselte einen belustigten Blick mit Lara. ‚Hauptsache der Bräutigam weiß, auf was er sich da einlässt', dachte sie, hütete sich aber davor, diesen Gedanken laut auszusprechen. Stattdessen nahm sie sich noch eine Tasse Kaffee und ließ die Gespräche an sich vorbeiplätschern.
Inzwischen machte sie sich ernsthafte Gedanken um Annerose, die ganz offensichtlich unglücklich in ihrer Ehe war. Auch wenn die Freundin Marios Attacken verharmloste, so konnte man nicht mehr übersehen, dass er sie immer rüder behandelte. Elisa nahm sich fest

vor, einmal ernsthaft mit Alfred über die ganze Sache zu sprechen, schließlich war er Marios Freund und konnte begütigend auf ihn einwirken.
Auch ihre Eltern stritten sich immer öfter. Ihr Vater trank mehr als ihm gut tat, wurde dann laut und ausfallend. Sie seufzte tief, ob ihre Eltern je erwachsen würden? Sie bezweifelte es.
„Du brauchst gar nicht so zu seufzen, schließlich habe ich die Arbeit", dieses Gekeife kam von Käthe und holte Elisa mit einem Schlag wieder in die Realität zurück.
„Wie meinen?"
„Solange der arme Junge einen Krankenschein hat, sorge ich dafür, dass er etwas Anständiges zu essen bekommt. Das habe ich doch gerade schon gesagt."
Elisa musste einen Moment überlegen, worum es ging. Alfred war wegen einer Erkältung für die nächste Woche krankgeschrieben worden und Käthe hatte scheinbar vor, ihn zu bekochen.
„Wenn du schon einmal dabei bist, dann kannst du ja für mich mit kochen, schließlich komme ich erst am späten Nachmittag von der Arbeit." Dieser Satz sollte eigentlich nicht ganz ernst gemeint sein, aber alle Ironie pralle an Käthe ab, Humor war für sie ein Fremdwort. Sie musterte ihre ungeliebte

Schwiegertochter einen Augenblick kalt und ging sofort zur Attacke über. „Ich sehe gar nicht ein, deine Faulheit auch noch zu unterstützen."
Elisa verschlug es für einen Moment die Sprache. Was erlaubte sich diese impertinente Person eigentlich noch alles.
„Ich glaube wir sollten jetzt nach Hause gehen." Mit diesen Worten stand Elisa abrupt auf. Alfred folgte ihr mit einem verlegenen Achselzucken.
Auf dem Nachhauseweg herrschte ein unbehagliches Schweigen. Schließlich konnte Elisa nicht mehr länger an sich halten.
„Sag mal, deine Mutter …"
Alfred unterbrach sie. „Die Mutti hat es gar nicht so gemeint. Es ist doch nett von ihr, dass sie für mich kocht, damit nimmt sie dir schließlich eine Menge Arbeit ab. Ich habe mir schon fest vorgenommen, ihr einen dicken Blumenstrauß mitzubringen."
Elisa verstand die Welt nicht mehr. „Ach, dass du für mich kochst, wo du zu Hause bist und ich arbeite, das kommt wohl nicht infrage? Ich schenke dir dann auch Blumen."
Alfred sah sie verblüfft an. „Natürlich nicht, schließlich bin ich ein Mann …"
Mit dieser Erklärung schien das Thema für ihn abgeschlossen zu sein.

Elisa hätte vor lauter Wut und Frust am liebsten in das Armaturenbrett des Autos gebissen. Eisern verkniff sie sich jede Bemerkung. Ihr ganzer Mann war schließlich in seinen ersten Lebensjahren in den Kleidern seiner älteren Schwester herumgelaufen, weil sein Vater lieber eine Tochter gehabt hätte. Einen Augenblick lang fragte sie sich, ob eine solche Behandlung Folgeschäden mit sich bringen könnte. Was sollte sie dazu noch sagen? So schwieg sie für den Rest des Abends, was Alfred nicht im Geringsten zu stören schien.

***

„Alfred, ich muss mal mit dir sprechen."
Dieser harmlos klingende Satz versetzte Alfred in Alarmbereitschaft. Er verschränkte die Arme vor der Brust und setzte sich in Positur.
„Ja, was gibt's es denn?"
„Meinst du, du könntest mit Mario reden?"
Elisa hatte sich schon lange vorgenommen, mit ihm über Anneroses Eheprobleme zu sprechen. „Er hat seiner Frau schon wieder ein Veilchen verpasst, das geht doch nicht."
Wirklich hatte Mario wieder einmal die Beherrschung verloren und seine Frau gnadenlos verprügelt. Erschreckend war, dass er sie jedes Mal schlimmer attackierte, was selbst Annerose mit ihrem Optimismus nicht mehr verschleiern konnte.

Alfred zuckte mit den Schultern. „Die Alte ist doch selbst schuld, was provoziert sie den armen Mario auch immer. Er hat mir sein Leid geklagt, er vermutet, dass Annerose ihn betrügt. Denk doch mal wie sie auf Grand Canaria aufgetreten ist. Die Show hätte sie mit mir auch nicht durchziehen können, ich hätte sie schon viel früher aus der Disco geprügelt."
Elisa verschlug es die Sprache. Offensichtlich hatten die Freunde bereits über die ganze Sache geredet und Alfred schien Marios Verhalten zu billigen. Das hätte sie selbst von ihrem Macho nicht erwartet.
„Aber Alfred, es ist einfach schrecklich, dass Mario seine Ehefrau verprügelt, egal wie sie sich verhält. Selbst wenn sie ihn noch so provoziert, so hat er noch lange nicht das Recht sich an ihr zu vergreifen. Und was heißt hier Annerose betrügt ihren Mann, das stimmt überhaupt nicht! Für meine beste Freundin lege ich beide Hände ins Feuer."
„Dann pass mal auf, dass du dich nicht ganz böse verbrennst. Ich will nicht weiter über Mario und seine bekloppte Alte sprechen. Sie sollen sehen, wie sie klarkommen."
Elisa gab frustriert auf. Mit Alfred war in dem Punkt nicht zu reden. Sie würde versuchen, Annerose so weit es ging allein zu helfen.

Die Gelegenheit zu einem Gespräch ergab sich schon in den nächsten Tagen. Elisa fuhr nach der Arbeit bei ihrer Freundin vorbei, um die letzten Näharbeiten an ihren Karnevalskostümen auszuführen. Am Samstag sollte eine große Karnevalsfete im ‚Horster Eck' stattfinden. Die zwei Freundinnen hatten sich zu diesem Anlass Kostüme genäht, die es fertig zu stellen galt.

Elisa war nicht wenig erstaunt, einen Mann in der Wohnung vorzufinden.

„Das ist Kurt", klärte Annerose sie auf. „Ein Arbeitskollege, der zufällig vorbeigekommen ist."

Kurt fühlte sich sichtlich unwohl. Er verabschiedete sich bald, nicht ohne Annerose tief in die Augen geblickt zu haben. „Bis morgen dann", murmelte er dabei.

Elisa verstand die Welt nicht mehr, hatte sie nicht vor ein paar Tagen Stein und Bein geschworen, dass die Freundin ihren Mann niemals betrügen würde?

„Sag mal, bist du jetzt von allen guten Geistern verlassen? Was meinst du passiert, wenn Mario von dem Besuch erfährt? Du hast doch wohl nichts mit diesem Kurt, oder?"

Nervös zog Annerose an ihrer Zigarette. „Du hast es gut, du kommst mit deinem Mann klar. Wenn Alfred auch ein ziemlicher Macho ist, so würde er dich niemals anfassen."

„Das spielt hier erst einmal keine Rolle, obwohl ich nicht weiß wie Alfred reagieren würde, wenn ich mich so aufführen würde, wie du das manchmal tust." Das waren harte Worte, aber Elisa hatte es sich ganz fest vorgenommen, einmal Tacheles mit ihrer besten Freundin zu reden, das musste ihre Freundschaft aushalten.
„Setz dich mal nicht aufs hohe Pferd, Elisa Jollenbeck, sonst fällst du wohlmöglich ziemlich schmerzhaft auf den Allerwertesten. Du hast ja wohl schon gemerkt, dass Mario sich unheimlich verändert hat, oder. Er ist nur noch nett zu mir, wenn jemand dabei ist. Sind wir alleine, ist er im besten Fall gleichgültig und despotisch. Allerdings hat er immer öfter richtig schlechte Laune. Dann mutiert er neuerdings zu einem sadistischen Monster und das ganz ohne Alkohol. Es genügt das kleinste Wort und er fühlt sich provoziert. Dann setzt es auf jeden Fall Ohrfeigen oder er zerrt mich ins Bett und benutzt mich einfach. Wie soll ich das aushalten, wenn ich nicht wenigstens ab und zu was fürs Herz habe. Kurt ist so nett und fürsorglich zu mir, so wie Mario es früher war. Um präzise auf deine Frage zu antworten: Klar habe ich was mit Kurt. Und noch etwas, ich glaube, Mario betrügt mich auch. Möglicherweise sogar mit meiner eigenen Schwester."
Elisa schluckte. Sie hatte mit allem gerechnet,

aber ganz bestimmt nicht mit dem Szenario, welches die Freundin ihr aufzeigte.

„Ob Mario dich betrügt, oder nicht, Fremdgehen ist keine Lösung. Nicht aus Rache und nicht fürs Herz, wie du so schön sagst. Im Gegenteil. Du schaffst dir immer noch mehr Probleme. Wenn es zwischen euch nicht mehr klappt, dann musst du die Konsequenzen ziehen und ihn verlassen. Anschließend kannst du dir immer noch einen netten Mann suchen, wenn du das möchtest."

Annerose fiel ihr ins Wort. „Wie du dir das vorstellst klappt es niemals. Wenn ich Mario verlasse, dann muss ich ausziehen und ihm die Wohnung, vielleicht auch das Haus überlassen, dass würde meinem Vater das Herz brechen. Mal abgesehen davon, dass mein Vater große Stücke auf Mario hält, er würde mich niemals verstehen."

„Hat dein Vater noch nicht mitbekommen, wie Mario dich behandelt? Vor allem; hat er all die blauen Flecken nicht bemerkt? So blind kann man doch nicht sein, schon gar nicht, wenn es um die eigene Tochter geht. Bei allem, was meinen Vater und mich in letzter Zeit trennt, wenn er bemerken würde, dass Alfred mich misshandelt, würde er mit einem Tischbein losgehen und Alfred damit den Schädel einschlagen. Da kannst du Gift drauf nehmen."

„Mario sorgt schon ganz gut dafür, dass mein Vater außen vor bleibt. Er hat mir ganz massiv gedroht, mich nicht zu Hause blicken zu lassen, als ich das letzte blaue Auge hatte. Im Gegenteil, er hat meine Eltern besucht und ihnen vorgemacht, ich würde krank zu Hause liegen und er würde mich aufopfernd pflegen."
„Weißt du, Anne, vielleicht möchten deine Eltern gar nichts wissen. Wenn du sie vor vollendete Tatsachen stellst, dann sind sie bestimmt auf deiner Seite! Überhaupt, wie stellst du dir das in Zukunft vor? In der Woche machst du mit diesem Kurt rum und am Wochenende lässt du dich von Mario verprügeln, der seinerseits ein Verhältnis mit deiner Schwester hat?"
Annerose zuckte mit den Schultern. „Eigentlich stelle ich mir im Augenblick gar nichts vor. Ich lebe einfach vor mich hin und versuche das Beste aus der Situation zu machen." Mit einem Augenzwinkern stand sie auf. „Komm mit, ich will dir etwas zeigen."
Sie führte Elisa uns Schlafzimmer und wies auf ein Foto, das auf Marios Nachttisch stand. „Das habe ich machen lassen, als er mir das letzte Veilchen verpasst hat. Du kannst dir das Gesicht des Fotografen nicht vorstellen, als ich ihm sagte, dass es sich um ein Geschenk zum Hochzeitstag für meinen Mann handelt." Sie kicherte. „Und erst Marios Gesicht, als ich ihm

das Bild zum Hochzeitstag überreichte. Jedes Mal, wenn er nach Hause kommt, legt er es in die Nachttischschublade, und jedes Mal wenn er wieder fährt, hole ich es heraus und stelle es auf."

Resigniert schüttelte Elisa den Kopf. „Annerose von der Heidt, du unverbesserlich und irgendwie ist dir nicht zu helfen."

Annerose nahm ihre Freundin kurz in den Arm. „Du hilfst mir sehr, indem du dir Gedanken um mich machst und ich immer mit dir reden kann. Aber jetzt haben wir genug Trübsal geblasen. Ich freue mich schon tierisch auf den Samstag. Jetzt los, wir wollen schließlich fertig werden."

„Na gut, aber lass dir meine Worte einmal durch den Kopf gehen. Übrigens machen wir deinen Schlitz im Kleid nicht ganz so hoch, sonst flippt Mario sofort aus." Entschlossen setzte sich Elisa an die mitgebrachte Nähmaschine, um ihr Vorhaben direkt in die Tat umzusetzen.

***

Peter, der an einem Rosenmontag geboren war, machte seinem Geburtstag alle Ehre. Von Natur aus schon ziemlich jeck, übertraf er sich zu Karneval selbst. Heute empfing er seine Gäste mit einer spiegelblanken Glatze und einem knallroten Lockenkranz um den breiten

Scheitel. Im Gesicht prangte eine dicke rote Nase. Seine Gestalt hatte er in ein bodenlanges, geringeltes T-Shirt gehüllt, unter dem zwei unglaublich lange Schuhe hervor lugten. Mit seiner rappeldürren Gestalt und dem kapitalen Bierbauch sah er zum Schießen aus.
„Hallo Brüderchen, wo hast du denn diese Verkleidung aufgetan? Das sieht ja klasse aus, aber sag mal, stört die Nase nicht beim Trinken?"
Elisa hatte sich ein Zigeunerkostüm genäht und kam sich darin, in Gegensatz zu ihrem Bruder, fast normal vor.
Peter grinste sie an, zog an seiner aufgesetzten Knollnase und setzte sie sich auf die Stirn.
„Gut, dass es nicht meine echte Nase ist, sonst müsste ich in der Tat verdursten", sprach's und nahm einen tiefen Zug aus seinem Bierglas. Anschließend wackelte er um den Tresen herum und nahm Annerose in den Arm. „Hallo, Madam Butterfly, ich bin ein einsamer Seemann und suche einen neuen Hafen."
Anne, die sich passend zu ihrem chinesischen Kleid weiß geschminkt hatte, schlug ihm mit ihrem Fächer auf den Kopf. „Bling mich nicht zum Ellöten, Sailor! Ich bin schon velgeben."
„Dieser Akzent macht mich schwach, vielleicht überlegst du dir's noch mal", mit diesen Worten watschelte der Wirt wieder hinter seinen Tresen, denn mit diesen Schuhen schien es

nicht möglich zu sein, sich normal fortzubewegen.
„Ich bin gespannt wie lange der so 'rumlaufen will", das konnte nur von Alfred kommen, der, genau wie sein Kumpel Mario, nichts von derartigen Lächerlichkeiten hielt.
Bald gesellten sich auch Roland und Lara zu ihnen, die zwar nicht verkleidet, aber guter Dinge waren. Elisa kramte ihren Lippenstift aus der Tasche und malte Roland ein Herzchen auf die Wange. „So, Schwager, jetzt bist du auch verkleidet!"
„Das Herzchen ist in Ordnung, Hauptsache du singst nicht wieder!" Lara wollte schon im Vorfeld alle Unklarheiten beseitigen. Allerdings gelang es ihr so gut wie nie, ihren Mann zu vorgerückter Stunde davon abzuhalten, die ‚Capri-Fischer' zum Besten zu geben.
Nach und nach füllte sich die Gaststätte mit mehr oder weniger verkleideten Gästen. Der Stimmungspegel stieg mit jedem Bier weiter an, was nicht zuletzt am Wirt lag, der es sich nicht nehmen ließ, an den Tischen zu bedienen. Da er aufgrund seiner überdimensionalen Schuhe nicht richtig laufen konnte, war nie sicher, ob das Glas den Weg vom Tresen bis zum Tisch in gefülltem Zustand überstehen würde, was der guten Laune von Wirt und Gästen keinen Abbruch tat.

Roland gab neue Geschichten aus dem Hause Gimpel zum Besten.

„Der Papa ist ja seit einiger Zeit auf Montage, aber nur vorübergehend", fing er seine Geschichte an, „und er hat für die Zeit ein Firmenauto."

„Wie schön für ihn", gab Alfred gelangweilt zurück.

„Aber er ist der Meinung, dass sein privates Auto während dieser Zeit wenigstens einmal in der Woche laufen sollte."

„Ach, und jetzt fährst du den Mercedes?" Das interessierte Alfred dann doch.

„Aber nein, was denkst du denn? Als ob der Papa jemand anderen mit seinem Wagen fahren lassen würde. Du kennst doch deinen Vater gut genug. Ne, ne, die Mutti geht jede Woche in die Garage."

„Aber Mutti hat doch gar keinen Führerschein." Alfred war einigermaßen verblüfft.

„Sie soll ja auch nicht fahren", mischte Lara sich ein. „Sie soll den Wagen bloß starten und dann laufen lassen."

„???"

„Also", klärte Roland die staunenden Zuhörer auf, „die Mutti geht jede Woche in die Garage, startet den Wagen und gibt für zehn Minuten Vollgas. Dann stellt sie den Motor ab und wäscht den Wagen, denn das ist ja ihre Aufgabe. Der Papa gibt ihr immer fünf Mark dafür.

Allerdings haben sich schon einige Nachbarn über die Rauchentwicklung beklagt und laut ist das auch."
„Das Garagentor zu schließen ist vielleicht nicht so die Lösung", amüsierte sich Elisa. „Obwohl dem alten Drachen selbst die Autoabgase nichts ausmachen würden", flüsterte sie Annerose zu, die zustimmend kicherte.

Zu vorgerückter Stunde ließ es sich Roland nicht nehmen, die ‚Capri-Fischer' zu schmettern, während seine Frau konsterniert die sanitären Anlagen aufsuchte.
„Bravo! Jetzt ein Duett!" Peter gab sich begeistert und stimmte in das Lied mit ein, ohne allerdings den Text zu kennen. Er improvisierte einfach und sang mit Inbrunst: „Bella, Bella, Bella Marie, häng dich auf, ich schneid' dich ab morgenfrüh …"
Das schien Roland weder zu stören, noch zu beeindrucken und Arm in Arm beendeten die beiden den alten Schlager.
„Das war aber mal schön, wir sollten uns überlegen, ob wir nicht ins Show-Bizz einsteigen,. Allerdings musst du dann auch eine Glatze tragen, alter Kumpel." Peter schlug dem sangesfreudigen Roland auf die Schulter.
Kein Problem", nuschelte Roland, „die Groupies werden unsere kahlen Köpfe super sexy finden."

„Ich geb' dir gleich Groupie", Lara hatte sich wieder zu ihnen gesellt. „Wenn du dich noch mal unterstehst zu singen, dann kannst du was erleben."
Roland nahm sie in den Arm. „Lara, du bist die liebste, entzückendste Ehefrau der Welt. Ich mag es, wenn du so streng guckst."

***

„Ich glaube du hast recht, so geht es nicht mehr weiter", mit diesen Worten meldete sich Annerose am Telefon.
„Ähm, ja, können wir nachher telefonieren?", gab Elisa leicht genervt zurück. Die Freundin hatte sie auf der Arbeitsstelle angerufen und Elisa war sich der Arbeitskollegen die mithörten nur zu bewusst.
Annerose ignorierte die Bitte. Sie brach in Tränen aus. „Was glaubst du, wie er durchgedreht ist. Er hat die Tür aus dem Wohnzimmerschrank gerissen und sie Kurt auf den Kopf geschmettert. Der Schrank ist eine Maßanfertigung und richtig teuer gewesen. Als Kurt dann weg war, hat er mich durchgelassen. Du kannst dir nicht vorstellen, wie ich aussehe."
„Moment, was ist los?", Elisa traute ihren Ohren nicht. „Jetzt mal ganz ruhig. Was ist passiert?"

Unter Schluchzen erzählte Annerose von Anfang an: Mario war scheinbar früher als erwartet ins Wochenende gegangen und hatte seine Frau mit ihrem Lover in flagranti erwischt. Annerose, die ihn erst am nächsten Tag erwartet hatte fiel aus allen Wolken, als er plötzlich im Wohnzimmer stand. Mit einem Blick erfasste er die Situation. Es kam zu der unschönen Szene, in der Mario die Schranktür des Barfaches mit roher Gewalt entfernte und sie seinem Widersacher auf den Schädel donnerte. Der ging erst einmal zu Boden und anschließend leicht taumelnd nach Hause, wobei er sich keinen Deut um die Geliebte scherte, die seinen Niedergang sowohl hilflos als auch leicht bekleidet mit anschauen musste. Anschließend kümmerte sich Mario um seine Frau.
„Er hat mich grün und blau geschlagen, anschließend ist er weggefahren und ich habe bisher noch nichts von ihm gehört."
„Ach Anne, du doofes Kamel, was hast du denn da wieder ins Rollen gebracht." Elisa wusste wirklich nicht, was sie der Freundin noch alles an den Kopf werfen musste, bevor diese sich besann. „Ich habe dir schon vor einiger Zeit zu einer Trennung geraten, vielleicht wirst du jetzt endlich schlau. Oder denkst du wirklich, dass ihr eure Ehe nach allem, was passiert ist, noch kitten könnt?"

„Ja, nein, aber mein Vater! Er wird so enttäuscht von mir sein."
Elisa wurde wirklich wütend und vergaß völlig die zuhörenden Arbeitskollegen um sich herum.
„Verdammt noch mal, Anne. Wenn dein Vater enttäuscht ist, weil du dich für das blöde Haus nicht grün und blau hauen lässt, dann vergiss ihn. Entweder du versuchst mit Mario klarzukommen und nimmst ihn, wie er ist oder du machst einen sauberen Schnitt und trennst dich von ihm. Alles andere wird nicht funktionieren! Und hör endlich auf zu jammern, ich kann es nicht mehr hören!"
Plötzlich tauchte Elisas Chef neben ihr auf.
„Ich hoffe ich störe nicht, Frau Gimpel. Diesen Brief müssten sie noch einmal schreiben. Ich habe einige Änderungen vorgenommen …"
„Bis nachher, ich komme nach Feierabend vorbei", mit diesen Worten würgte sie Annerose ab und ging an die Arbeit.

Unbehaglich rutschte Elisa auf dem Sessel hin und her. Sie war direkt nach der Arbeit zu ihrer Freundin gefahren. Eine verquollene Annerose öffnete ihr die Tür und fiel ihr schluchzend um den Hals. Elisa tätschelte ihr, beruhigende Worte murmelnd, den Rücken. Anschließend platzierte sie die immer noch Schluchzende im Wohnzimmer und kochte

erst einmal Tee. Vordergründig um die Freundin zu beruhigen, aber eigentlich um ihre Gedanken zu sammeln.
Jetzt saß sie Annerose gegenüber und nippte an ihrer Tasse. „Was ist eigentlich mit Kurt? Hat er sich noch einmal blicken lassen, oder wenigstens angerufen?"
Anne schluchzte in ihren Tee. „Er hat kurz angerufen und mir mitgeteilt, dass er mich nicht mehr treffen möchte. So ein erbärmlicher Feigling! Nicht nur, dass er sich einfach aus dem Staub gemacht und mich meinem Schicksal überlassen hat, jetzt macht er auch noch Schluss!"
„Er dachte wahrscheinlich, dass ein Verhältnis mit einer verheirateten Frau problemlos vonstatten geht. Ab und zu ein bisschen herummachen und keine Verantwortung übernehmen. Dass ihm der betrogene Ehemann gleich eine Schranktür auf den Kopf haut, gehörte wohl nicht zu seinem Plan. Das siehst du, was das für einer ist." Elisa hatte sich vorgenommen, rücksichtslos ihre Meinung zu äußern. „Daran solltest du in Zukunft denken, wenn du dich wieder auf ein außereheliches Abenteuer einlässt."
„Lass mal, mein Bedarf an Abenteuern gedeckt. Jetzt mache ich Nägel mit Köpfen und werde die Scheidung einreichen", Annerose schien wild entschlossen. „Aber vorher muss

ich noch eine Kleinigkeit erledigen: Ich werde mich vergewissern, ob Mario mich betrügt. In Verdacht habe ich ihn schon lange. Wahrscheinlich treibt er es mit meiner Schwester."
‚Ach Anne, was spielt das noch für eine Rolle', dachte Elisa und sah die Freundin mitleidig an. Laut sagte sie: „Wie stellst du dir das denn vor und vor allem: warum willst du dir das antun?"
Annerose hörte gar nicht zu, sondern schmiedete Pläne. „Ich werde ihn beschatten. Zuerst kaufe ich mir eine Perücke, dann fahre ich nach Stuttgart, dort ist er im Moment auf Montage. Die Adresse habe ich mir schon besorgt. Ich werde schon rauskriegen, was er dort treibt. Der Mistkerl geht selbst fremd und will mir den Moralapostel vorspielen."
„Wie lächerlich! Ich komme mir vor, wie in einer Schmierenkomödie!" Das konnte und wollte Elisa nicht nachvollziehen, sie stand auf. ‚Tu, was du nicht lassen kannst, aber ich weiß wirklich nicht, was es dir bringt. Ich hatte einen langen Tag und werde jetzt nach Hause fahren. Sicher sitzt Alfred schon sauer in einer Ecke und wartet auf sein Essen. Der ist auch nicht so ohne, weißt du."
„Ich möchte wirklich nicht, dass du wegen mir Streit mit Alfred bekommst!" Annerose war das personifizierte schlechte Gewissen. „Danke, dass du mir zugehört hast."

„Ach was, ich werde Alfred eine doppelte Portion Currywurst und Pommes mitbringen, das wird ihn besänftigen. Mach dir mal wegen mir keine Sorgen, ich habe alles im Griff. Jetzt versuch erst einmal runter zu kommen. Vielleicht überlegst du dir ja auch noch, ob du Mario hinterher schnüffeln willst."
Annerose ließ sich nicht beirren. „Du kannst sagen, was du willst, ich muss wissen, wo ich mit ihm dran bin."
Elisa zuckte mit den Schultern. Anne ließ in diesem Punkt scheinbar nicht mit sich reden. Sie drückte ihre Freundin kurz an sich. „Wenn du heute Nacht Probleme hast, dann ruf mich an. Wozu hat man schließlich Freunde und melde dich doch morgen kurz."

Wie vermutet wartete Alfred schon auf seine warme Mahlzeit und tat seinen Ärger lautstark kund, was Elisa heute nicht mehr beeindrucken konnte.
„Weißt du was, mein Bester? Frag doch einfach deine Mutti, ob sie wieder für dich kocht. Da schmeckt es auch besser."
Mit diesen Worten knallte sie die Schlafzimmertür hinter sich zu. Eine durchgedrehte, heulende Freundin und ein angesäuerter Ehemann, das war mehr als genug für einen Tag.

***

Wirklich kaufte Annerose sich in den nächsten Wochen eine Perücke und machte sich auf nach Stuttgart, um ihren Ehemann zu observieren.

Elisa, der die Geschichte inzwischen mehr als lächerlich vorkam, versuchte dieses Räuber- und Gendarmspiel zu ignorieren. Allerdings gelang ihr das nur bedingt, denn ein paar Tage später bekam sie einen Anruf von Annes Schwester. Rosemarie teilte ihr kurz mit, dass Annerose sich den Arm gebrochen hätte und noch eine Woche in Stuttgart im Krankenhaus bleiben müsse.

„Aber Mario kümmert sich wirklich gut um sie, was nach dem Auftritt nicht selbstverständlich ist."

„Wie jetzt? Anne ist in Stuttgart im Krankenhaus? Was ist passiert? Von was für einem Auftritt redest du?" Elisa war baff.

„Die durchgeknallte Tussie ist plötzlich in der Kneipe aufgetaucht, in der Mario sein Feierabendbier getrunken hat. Du kannst dir nicht vorstellen, wie sie sich aufgeführt hat. Es ist zum Handgemenge gekommen, dabei hat sie sich den Arm gebrochen." Rosemarie ließ sich jedes Wort auf der Zunge zergehen.

„Moment, woher weißt du, wie deine Schwester sich aufgeführt hat? Warst du dabei?"

„Ich war tatsächlich ganz zufällig dabei, aber ich habe jetzt gar keine Zeit mehr. Meine Schwester meldet sich bei dir, wenn sie wieder zu Hause ist."
Aufgelegt …
Elisa mochte nicht glauben, was sie da zu hören bekommen hatte. Vor allem wusste sie nicht, in welchem Krankenhaus Annerose sich überhaupt befand und ob sie Hilfe brauchte. Sie versuchte vergeblich Rosemarie zu erreichen, scheinbar ging die gar nicht erst an den Apparat. Die Eltern wussten bestimmt nicht, was sich zwischen den Eheleuten abgespielt hatte. So versuchte Elisa erst gar nicht mit ihnen Kontakt aufzunehmen. Hoffentlich würde sich Mario wirklich um seine Frau kümmern.

Einige Zeit später erfuhr sie die Story aus erster Hand, denn Annerose wurde nach einer guten Woche wirklich von ihrem Ehemann nach Hause gebracht. Mario verabschiedete sich allerdings sofort wieder und fuhr zurück nach Stuttgart. Das war Elisa nur recht. So konnten die Freundinnen ungestört reden. Annerose war ihrem vermeintlich untreuen Ehemann in geheimer Mission gefolgt. Die Baustelle, auf der er tätig war, fand sie problemlos. Hier wartete sie einige Stunden und folgte ihm nach Feierabend mit Abstand bis zu seinem

Quartier. Ob es nun an der Perücke und der Sonnenbrille lag, oder daran, dass Mario nicht mit seiner Frau rechnete sei dahingestellt, jedenfalls bemerkte er sie nicht.
Vor der kleinen Pension wartete sie wieder eine geraume Weile. Mario ließ sich Zeit, kam dann allerdings Arm in Arm mit Rosemarie zur Tür hinaus spaziert.

„Was denkst du, wie ich geguckt habe. Da spaziert meine Schwester mit meinem Ehemann quietsch vergnügt an mir vorbei. Es war ganz klar, was die beiden die ganze Zeit auf dem Zimmer getrieben haben. Küsschen hier und Küsschen da, so gehen sie die Straße hinunter bis zu einer Kneipe. Ich fahre langsam hinterher und parke direkt um die Ecke. Schließlich will ich schnell wieder weg, aber erst muss ich den beiden meine Meinung sagen. Zur Sicherheit schaue ich durchs Kneipenfenster. Da sitzt sie, die Schlampe, meine Schwester, dick und fett auf Marios Schoß. Zu allem Überfluss fummelt sie auch noch an ihm herum. Ich sage dir, bei mir sind sämtliche Sicherungen rausgeflogen." Annerose musste erst einmal Luft holen.
„Fuchtel nicht so mit dem Gipsarm herum, sonst brichst du dir den Flügel direkt noch einmal", ermahnte Elisa sie.

„Den Arm breche ich mir höchstens auf dem Kopf meiner Schwester, aber sie hat dann unter Garantie einen Schädelbruch."
„Aber Anne!"
„Aber Anne", äffte Annerose die Freundin nach. „Nix, aber Anne! Hör mit erst einmal weiter zu."
„Ich bin ganz Ohr. Bei dir sind also die Sicherungen rausgeflogen."
„Ja, eben. Ich bin also rein in die Kneipe, habe die Schlampe von Marios Schoß gerissen. An den Haaren natürlich. War das schön, ein Büschel von ihren gefärbten Zotteln in der Hand zu behalten! Mario ist aufgesprungen und ich habe ihm eine geknallt, richtig schön feste in das Gesicht. Auch das war sehr befriedigend. Dann kam mein erster Fehler: Ich habe die beiden nämlich auch noch beschimpft, was ihnen Zeit gab, sich von dem Schrecken zu erholen. Mario holte mächtig aus. Ich habe allerdings ganz gute Reflexe und bin unter seinem Schlag weggetaucht. Das war ganz schön knapp, ich hab's noch zischen hören."
Elisa lauschte mit offenem Mund. Das hörte sich schlimmer an als der wildeste Film mit Bud Spencer und Terence Hill.
„… und dann …"
„Na was meinst du, dann habe ich Fersengeld gegeben. Jetzt kam mein zweiter Fehler: Ich hatte, ordentlich, wie ich bin, das Auto abge-

schlossen. Ehe ich drinnen saß, war Mario schon zur Stelle und hat versucht, mich wieder auf die Straße zu zerren. Wahrscheinlich wollte er mich ganz fürchterlich vermöbeln. Hinter ihn stand Rosemarie und heulte Rotz und Wasser. Na ja, schließlich hatte ich ihr ein riesiges Büschel Haare ausgerissen. Hoffentlich muss sie sich die Haare ganz kurz schneiden lassen, das steht ihr nämlich überhaupt nicht! Langer Rede kurzer Sinn, irgendwie ist mein Arm dabei zu Bruch gegangen. Das tat ganz schön weh, ich habe angefangen zu schreien: Aua mein Arm und so. Mario hat vor lauter Verblüffung nicht mehr an mir gezoge. Irgendjemand gab ihm den Rat, mich lieber ins Krankenhaus zu fahren. Der Arm stand nämlich ziemlich komisch ab. Den Rest weißt du schon …"

„Allerdings, der Anruf deiner Schwester war mehr als merkwürdig. Ich glaube sie hatte ursprünglich vor, dich bei mir schlecht zu machen und sich auszuheulen. Da ist sie leider an die falsche Adresse geraten. Das ist vielleicht ein Miststück, aber das wissen wir beide schon seit einer geraumen Weile. Obwohl, so viel Abgebrühtheit, ein Verhältnis mit dem eigenen Schwager anzufangen, hätte ich selbst ihr nicht zugetraut. Wie soll es weitergehen, mal abgesehen davon, dass dein Bruch erst einmal anständig heilen muss."

„Ich habe im Krankenhaus Zeit genug gehabt darüber nachzudenken. Obwohl Mario das schlechte Gewissen in Person ist und sich wirklich um mich gekümmert hat, werde ich mich scheiden lassen. Ich kann es nicht ertragen, dass er es mit meiner Schwester getrieben hat."
Elisa runzelte die Stirn. „Na ja, du hast ihn auch betrogen, oder? Trotzdem glaube ich, dass eine Scheidung die beste Lösung ist. Ich kann mir überhaupt nicht vorstellen, dass ihr wieder zusammenkommen könnt. Dazu ist einfach zu viel zwischen euch passiert. Weiß Mario schon von deinem Entschluss?"
„Aber nein", Annerose rutschte unruhig auf ihrem Sessel hin und her. „Am Wochenende will er nach Hause kommen, dann sage ich es ihm. Mit meinem Vater rede ich noch nicht, dem sage ich Bescheid, wenn ich geschieden bin."
„Anne! Meinst du, dass das die richtige Taktik ist? Solltest du nicht im Vorfeld mit deinen Eltern sprechen?"
„Das musst du schon mir überlassen", jetzt bekam sie den typischen bockigen Annerose-Blick und Elisa wusste aus Erfahrung, dass jedes weitere Wort überflüssig war. „Ach, mein Mädchen, so haben wir uns die Ehe mit unseren Traumprinzen nun wirklich nicht vorgestellt", sagte sie stattdessen.

„Ja, wenn es bloß mal die Traumprinzen gewesen wären", meinte Annerose trocken. „Ich glaube wir haben beide den falschen Frosch geküsst."

***

„Mensch, das wundert mich aber wirklich. Deine Schwester ist doch sonst die Sparsamkeit in Person: kein Auto, eine billige Altbauwohnung, nur gebrauchte Klamotten für die Kleine und auch für sich. Mal abgesehen davon, dass Sylvia in jedes Gebüsch krabbelt, um Leergut aufzusammeln und das Flaschenpfand zu kassieren. Der Clou ist ja, dass sie letztens ein Paar gebrauchte Gummistiefel von deinen Eltern mitgenommen hat, obwohl die ihr und ihrem Ronny viel zu groß sind. Vielleicht hofft sie, dass ihre Tochter in zwanzig Jahren hinein passt."
Alfred warf Elisa einen warnenden Blick zu.
„Mach meine Schwester nicht so mies. Es ist doch schön, dass sie ihren Geburtstag mit der Familie feiern will."
„Das sage ich doch auch gar nicht, zumal wir vielleicht Franz-Rainers Familie als ganz normal und nett kennenlernen. Nach der verkorksten Hochzeit hat man ja so gar keinen Kontakt mehr gehabt. Es wundert mich einfach, dass sie mit uns feiert."

Sie waren inzwischen vor der Wohnung des Geburtstagskindes angelangt, Sylvia öffnete freudestrahlend die Tür.
„Herzlichen Glückwunsch und alles Gute!"
„Danke meine Lieben!" Sylvia war bester Laune, was bei der sonst eher sauertöpfischen Person nicht oft vorkam.
Im Wohnzimmer hatte sich bereits der gesamte Gimpelclan versammelt.
Elisa setzte sich neben Lara und Roland. „Du meine Güte, deine Schwester ist ja heute richtig gut drauf. Dann muss sie genug Geschenke bekommen haben", flüsterte sie der Schwägerin zu.
Lara grinste. „Ich bin gespannt, ob sie auch noch gut drauf ist, wenn der Wuttkeclan anrückt!"
Wie auf Kommando läutete die Türglocke. Bald darauf gesellten sich Franz-Rainers Eltern und sein Bruder nebst Ehefrau zu ihnen.
„Wieso denke ich immer an einen Metzger, wenn ich diesen Ewald sehe?", wisperte Elisa Roland zu.
„Vielleicht weil seine Frau wie ein Suppenhuhn aussieht", gab der zurück. Elisa kicherte verhalten, denn ihr Schwager hatte völlig recht. Gertrud sah wirklich aus wie ein Huhn, zumal sie auch noch ihren Kuchen zerkrümelte und die Krümel mit den Fingerspitzen aufpickte.

„Hast du an die neuen Hefte gedacht?", fragte Franz-Rainer seinen Bruder beim Kaffeetrinken.
„Ja, du geiler Sack", war die Antwort. Elisa guckte erstaunt von einem zum anderen. Scheinbar war sie die Einzige, die nicht wusste, was hier abging, denn alle anderen Gäste ließen sich nicht stören.
„Iss ruhig weiter, die Brüder tauschen öfter Pornohefte untereinander aus." Roland stupste sie an und sie führte die Kuchengabel mechanisch zum Mund.
„Das haben die Jungen von ihrem Vater, er hat damit angefangen", erklärte Franz-Rainers Mutter, die genüsslich weiter an ihrer Torte löffelte, während ihr Mann strahlte.
„Jawoll, wir tauschen alle untereinander."
„Ah-ja", Elisa wandte sich an ihre Schwägerin, „und stört dich das denn gar nicht?"
„Bist du spießig", war die Antwort. „Ronny und ich gucken uns die Hefte zusammen an, das ist doch total heiß …"
„Wenn ihr das braucht, so weit ist es bei uns wirklich nicht", Alfred kam seiner Frau zu Hilfe. Elisa sah ihn erstaunt an, freute sich aber über die unerwartete Schützenhilfe.
„Ihr arbeitet so ganz ohne Hilfsmittel, wie langweilig", mischte sich Ewald ein.
„Also ich habe es bis jetzt alles andere als langweilig gefunden. Was verstehst du denn

bitte unter Hilfsmitteln? Pornohefte?" Elisa fühlte sich angegriffen, sie setzte noch eins drauf. „Wenn das alles ist, das finde ich nun wieder langweilig. Mehr hast du wohl nicht zu bieten, was?"
Ewald taxierte sie mit einem kühlen Blick, dann wandte er sich seiner Frau zu.
„Gertrud, Schätzchen, sei doch mal so nett, zeig der kleinen Elisa, was du für Hilfsmittel bei dir hast."
„Was denn, hier und jetzt?" Gertrud schien verblüfft, angelte aber trotzdem nach ihrer Handtasche und kramte darin herum. Schließlich wurde sie fündig, zog einen länglichen rosafarbenen Gegenstand hervor, den sie mitten auf den Kaffeetisch stellte.
„Den kriegt keine von euch ganz rein", verkündete sie lässig.
Wieder blieb Elisa der Mund offen stehen. Sie betrachtete das Teil mit widerwilligem Interesse, denn etwas Derartiges hatte sie bislang noch nicht gesehen.
„Woher willst du das denn wissen, hast du es schon ausprobiert", fragte Roland in das verblüffte Schweigen hinein.
Gertrud nickte heftig. „Aber ja!"
Auch der kleine Louis betrachtete den Gegenstand interessiert. „Schmeckt der große Lolly nach Himbeere, Tante Gertrud?" Er wandte

sich an seine Mutter. „Solche großen Dauerlutscher gibt es bei Edeka aber nicht."

Während Käthe sich erfolglos bemühte dem Kind die Augen zuzuhalten, öffnete Lara den Mund, brachte aber keinen Ton heraus. Sie schien aber mit der Situation völlig überfordert zu sein.

„Jetzt reicht es wirklich. Nehmt wenigstens auf das Kind Rücksicht ... ihr ... Asis", meldete sich Alfred empört zu Wort. „Sag doch auch mal was", mit dieser Bemerkung war sein Schwager Ronny gemeint, der die Aktion mit einem süffisanten Lächeln beobachtete.

Sylvia, die mit frischem Kaffee aus der Küche kam, stellte die Kanne mit einem Knall auf dem Tisch ab. „Was soll die Sauerei? Pack das Ding gefälligst weg, Gertrud. Ich habe euch schon letztens gesagt, dass ihr nicht immer mit dem Dildo rummachen sollt."

„Rummachen, das passt jetzt wirklich gut", auch Lara hatte die Sprache wieder gefunden. Leise murmelte sie: „Meinst du Gertrud hat sich das hässliche Ding wirklich ..."

„Lara, ich weiß es nicht und ehrlich gesagt möchte ich das auch gar nicht wissen." Elisa schüttelte sich.

„Ich auch nicht!" Alfred war ausnahmsweise einer Meinung mit seiner Frau.

Die Kaffeetafel wurde bald aufgehoben, keiner der Gäste schien noch den rechten Appetit zu haben. Das anschließende gemütliche Beisammensein gestaltete sich mühsam, denn hier stießen Welten aufeinander. Auf der einen Seite Vater und Mutter Gimpel, die sich gerne Volksmusik anhörten und zu später Stunde und nach reichlichem Alkoholgenuss das ‚Polenmädchen' intonierten. Auf der anderen Seite des Tisches Vater und Mutter Wuttke, die mit ihren Söhnen Pornohefte tauschten und nach ebenso reichlichem Alkoholgenuss gern einmal das nahegelegene Pornokino besuchten.

Elisa unterhielt sich mit Roland und Lara und kümmerte sich nicht um die Gebrüder Wuttke, die dem Alkohol reichlich zusprachen. Auch Alfred schien sich nicht besonders wohl zu fühlen und gesellte sich zu ihnen.

„Habe ich euch schon erzählt, dass mein kleines Mäuschen Zahnschmerzen hatte?" Roland grinste und Elisa freute sich schon über die sicherlich nachfolgende Geschichte.

„Roland, hör auf damit. Dann sing schon lieber", versuchte seine Frau ihn zu stoppen, was ein sinnloses Unterfangen war. Trotz der Rippenstöße, mit denen er bedacht wurde, erzählte Roland Laras Leidensgeschichte.

„Also, meine Holde hatte ganz gemeine Zahnschmerzen, aber ein Gimpel, ob männlich oder weiblich, braucht ja nicht zum Arzt gehen."

Die Holde stieß kräftig mit dem Ellenbogen zu.
„Aua! Jedenfalls hat sie sich ein paar Tage herumgequält und gejammert. Schließlich hat sie es wohl nicht mehr ausgehalten und ist doch zum Zahnarzt gegangen."
„Lara, wie mutig!"
„Das kann nur von meinem Bruder kommen! Du hast es gerade nötig, ich erinnere mich genau …"
Alfred fiel ihr ins Wort. „Jetzt lenk nicht ab. Musste der Zahn raus?"
Lara warf ihrem Bruder einen finsteren Blick zu. „Sicher muss der Zahn raus, das wusste ich schon, bevor ich zum Zahnarzt gegangen bin. Der hat mir auch nichts Neues erzählt."
Roland klinkte sich wieder ein. „Der Zahnarzt hat alles fertiggemacht, um den Zahn zu ziehen, hat ihr eine Betäubungsspritze gesetzt. Dann ist er in das nächste Sprechzimmer gegangen. Die Betäubung muss ja erst wirken. Was meint ihr, was mein Mäuschen gemacht hat!"
Das holde Mäuschen hatte es aufgegeben ihren Mann zu stoppen und erzählte freiwillig weiter. „Es hat nicht mehr wehgetan, also bin ich nach Hause gegangen."
Elisa, die sich das Gesicht des Zahnarztes vorstellte, der mit gezückter Zange zurückkam

und keine Patientin mehr vorfand, schüttelte sich vor Lachen, auch Alfred grinste.

„Ihr werdet es nicht glauben, seit dem hat der Zahn nicht mehr wehgetan", schloss Lara die Erzählung ab.

Plötzlich veränderte sich etwas. Elisa hätte nicht einmal sagen können, was passiert war, aber es war eine merkwürdige Aggressivität im Raum. Sie schaute zu den Brüdern hinüber, die am anderen Ende des Raumes heftig miteinander diskutierten. Ihre Ahnung bestätigte sich. Ewald hob die Stimme. „Wenn deine dämliche Frau mir nicht einmal Kaffee kocht, dann könnt ihr mich alle …"

„… am Arsch lecken? Bei denen wird aber oft der Hintern geleckt." Roland musterte den aufgeregten Bruder belustigt.

„… am Arsch lecken!" vollendete Ewald den Satz und stürzte aus der Wohnung.

Franz-Rainer wandte sich seiner Frau zu. „Was soll das auch, du kannst meinem Bruder doch wohl Kaffee kochen, du dusselig Ziege."

„Er hätte mich ja auch bitten können", keifte die zurück. „Dein Bruder hat vielleicht einen Ton am Leib!"

Franz-Rainer schien völlig auszurasten, denn er stieß seine Frau in eine Ecke. „Du hast zu tun, was wir dir sagen!"

„Jetzt reicht es, lass meine Schwester gefälligst in Ruhe", das war Alfred, der die Szene nicht mehr mit ansehen konnte.

„Ihr könnt mich alle …", seinen Standartspruch in den Raum blökend folgte Franz-Rainer seinem Bruder.

Während Alfred seine weinende Schwester beruhigte, stand Roland langsam auf.

„So", sagte er entschlossen. „Jetzt gehe ich hinunter und rede Tacheles mit den beiden Bekloppten. Das wäre doch gelacht, wenn ich sie nicht zur Räson bringen könnte."

Er machte sich wirklich auf den Weg. Einige Zeit später betraten die Gebrüder Wuttke Arm in Arm die Wohnung.

Ewald räusperte sich umständlich. „Liebe Sylvia, entschuldige meinen Auftritt, es tut mir wirklich leid."

„Ich schließe mich dem an, mein Häschen, verzeih mir!" Franz-Rainer schaute seine Frau bittend an. Zum dritten Mal an diesem Abend blieb Elisa der Mund offen stehen. Roland, der mit den Händen in den Hosentaschen in den Raum geschlendert kam, nickte zustimmend.

„Hey, Schwager, wie hast du das denn gemacht?"

„Ganz einfach. Die beiden standen unten in der Haustür und stritten. Ich bin zu ihnen gegangen und habe ganz einfach gesagt, sie könnten es sich aussuchen: Entweder sie würden sofort wieder hochgehen und sich bei der armen Sylvia entschuldigen, oder ich würde ihnen die Prügel ihres Lebens verpassen. Alfred, der richtig sauer wäre, würde sie anschließend durchrollen. Wie du siehst, hatte ich die richtigen Argumente …"

***

„Ich kann das nicht, denn er hat versucht sich umzubringen! Ich liebe ihn!"
Elisa war perplex. Sie konnte sich alles Mögliche vorstellen, aber Mario Meier als Selbstmordkandidat, das ging über ihre Vorstellungskraft.
„Mal ganz langsam, Anne. Du hast Mario um die Scheidung gebeten und er hat einen Selbstmordversuch unternommen? Bist du ganz sicher?"
„Was soll das denn heißen? Er liebt mich im Inneren seines Herzens über alles und kann eine Trennung nicht verkraften." Annerose rührte entschlossen in ihrem Eisbecher. „Er hat mir auch erklärt, dass meine Schwester, die Schlampe, ihn dauernd angemacht hat und er irgendwann einfach nicht mehr konnte."
„Scheinbar konnte er sehr wohl, das wollen wir hier doch mal festhalten." Elisa fühlte sich völlig überfordert. Glaubte Annerose wirklich, was sie da erzählte?

Die Freundin ließ sich nicht beirren. „Jedenfalls habe ich ihm gesagt, dass ich die Scheidung will, weil ich so nicht weiterleben kann. Er ist ganz ruhig geworden, hat nur gemeint, dass er Zeit zum Nachdenken braucht und ich ihn allein lassen soll. Also bin ich zu meinen Eltern gefahren, ich putze sowieso einmal in der Woche bei ihnen. Als ich nach Hause kam, hat mein Mario kreidebleich auf dem Bett gelegen, eine leere Packung Schlaftabletten neben sich und mein Foto im Arm. Er hat geweint."

„Wenn er die Schlaftabletten wirklich genommen hätte, wäre er doch gar nicht mehr ansprechbar gewesen und geweint hättest höchstens du, nämlich an seinem Grab. Hast du ihn wenigstens ins Krankenhaus gebracht, damit man ihm den Magen auspumpt?"

„Zum Glück war das nicht erforderlich. Ich habe ihn ins Badezimmer geschleppt. Dort hat er sich den Finger in den Hals gesteckt und die Tabletten wieder ausgebrochen."

„Wie praktisch, so hat er ohne viel Aufwand die optimale Wirkung." Elisa konnte ihre Freundin nicht verstehen.

Anne nahm ihre Hand. „Ich weiß doch, dass du es gut meinst und einfach nur Angst um mich hast, aber bitte, lass' mich meine Fehler machen, ja. Solange noch ein Funken Hoffnung besteht, will ich es mit meinem Mario

versuchen. Wir haben beide so viel falsch gemacht, vielleicht haben wir jetzt die Chance noch mal von vorn anzufangen. Schließlich haben wir uns mal richtig lieb gehabt."
Elisa kamen die Tränen, sie putzte sich verschämt die Nase. „Ach, Schätzchen, ich würde es dir so sehr wünschen, aber ich glaube nicht, dass es für euch ein Happyend gibt. Dafür ist zu viel zwischen euch schief gegangen. Neuanfang, das hört sich toll an, aber meist geht so etwas nur im Film gut. Im Grunde meines Herzens zweifele ich auch daran, dass es mit Alfred und mir noch sehr lange gut geht. Wir sind wohl einfach zu unterschiedlich."
Annerose musterte die Freundin. „Wie kommst du jetzt darauf? Ich dachte ihr passt richtig gut zusammen."
Elisa seufzte tief. „Alfred ist kein schlechter Kerl. Wir haben Zeiten, in denen es wirklich gut zwischen uns klappt. Dann mischt sich seine Mutter wieder in unsere Beziehung und wir haben nichts als Stress. Oder er kriegt seine Machofase, will bedient und betuddelt werden und ich flippe irgendwann aus. Hinzu kommt, dass wir einfach nicht die gleichen Interessen haben und letztendlich auch nicht dieselben Lebensziele."
Anne sah ihre Freundin aufmerksam an. „Das hört sich aber auch nicht sonderlich gut an …"

„Ist es auch nicht. Ich bin immer weniger dazu bereit, mich zu verbiegen, nur um des lieben Friedens willen."
„Kann es sein, dass wir beide zu viel erwarten? Überfordern wir unsere Männer damit? Sollten wir etwas kürzertreten, sie nehmen, wie sie sind?"
Elisa winkte der Bedienung.
„Zwei Gläser Champagner bitte", und an Anne gewandt: „Das zum Thema kürzertreten. Ich will mich nicht anpassen und ich will auch nicht klein beigeben. Wir haben nur dieses eine Leben und das sollten wir doch genießen, oder?"
Annerose nickte. „Du hast ja Recht. Ich werde im nächsten Jahr endlich mit meiner Weiterbildung beginnen. Das habe ich bloß noch nicht in Angriff genommen, weil Mario immer dagegen war. Dieses Mal setze ich mich durch."
„Das solltest du wirklich machen, wenn es das ist, was du unbedingt willst. Mario sollte stolz auf seine tüchtige Frau sein. Männer – man kann sie nicht verstehen!"
Annerose zwinkerte der Freundin zu. „… und will man das wirklich …"

1979

Wieder fing das neue Jahr mit einer großen Familienfeier an. Die Jüngste der Gimpeltöchter heiratete. Carmen hatte schon vor fast einem Jahr verkündet, dass sie und ihr Püttrologe, Walter Waczolla, sich das Jawort geben wollten. Jetzt war es soweit und die beiden standen vor dem Traualtar.

‚Carmen sieht in ihrem Brautkleid mit der langen Schleppe wirklich hübsch aus', dachte Elisa bei sich, allerdings störte der ständig mürrische Gesichtsausdruck. Elisa wunderte sich, wie es die Braut mit knapp achtzehn Lenzen schon fertigbrachte, ihre Mundwinkel derartig nach unten zu verziehen. Das war sonst erst bei Personen im Rentenalter möglich.

Als ob er ihre Gedanken erraten hätte, flüsterte Alfred: „Für ihre Verhältnisse sieht Carmen richtig gut gelaunt aus."

Lara, die neben den beiden saß, kicherte verhalten, was ihr einen tadelnden Blick von Carmens Schwiegermutter einbrachte, die eine streng religiöse Person war und sogar im Kirchenchor sang.

Nach der Trauung ging es in eine nahe gelegene Gaststätte, wo Carmen alle fünf Minuten von ihrer Schwiegermutter ermahnt wurde: „Pass auf deine Schleppe auf, Kind. Sie wird

ganz dreckig, wenn du sie über den Boden schleifen lässt. Du musst sie immer schön hochheben."
Das schien die Braut allerdings nicht zu stören. Sie murmelte ein „Ja, Mutter" und ging einfach weiter, ohne sich um ihre Schleppe zu kümmern.
„Rate, wer das Hochzeitskleid bezahlt hat."
Lara war im Bilde und Elisa, die wie üblich neben ihrer Lieblingsschwägerin saß, beugte sich interessiert vor.
„Sag bloß die fromme Schwiegermutter. Eure Eltern halten sich bei derartigen Anschaffungen wirklich sehr zurück, oder? Mein Brautkleid haben meine Eltern bezahlt, wie es Sitte ist."
„Ja, der Papa hat jedem Kind zur Hochzeit etwas Geld zugesteckt, damit hat es sich gehabt. Aber das weißt du ja. Allerdings gab es in diesem Fall einige Schwierigkeiten."
Hier mischte sich Roland ein. „Der Bräutigam wollte still und heimlich heiraten und uns alle nicht einladen. Ist das denn zu glauben? Da ist die Mutti aber auf die Barrikaden gegangen. Sie hat ihn vor die Wahl gestellt, entweder die Geschwister werden eingeladen, oder es gibt gar kein Geld."
„Ja, die Mutti ist schon eine Klassefrau", Alfred bekam einen verträumten Blick. Elisa schaute ihn verblüfft und leicht verärgert an.

‚Es wäre schön, wenn er mich nur ein einziges Mal so anschauen würde', dachte sie. „Jedenfalls sind wir jetzt hier, also hat der Bräutigam es sich anders überlegt", stellte sie nüchtern fest.
„Ich werde heute Abend ordentlich zulangen. An die Getränkerechnung wird er sich noch lange erinnern."
Das konnte sich Elisa durchaus vorstellen, denn Roland vertrug eine Menge.
„Stellt euch bloß vor, was der Irre gemacht hat", erzählte seine Frau belustigt. „Er hat mich gestern losgeschickt, um ihm zwei Dosen Ölsardinen zu besorgen. Gerade, bevor wir losgegangen sind, hat er die Sardinen weggeworfen und das Öl aus den Dosen getrunken."
Während Elisa sich schüttelte, klopfte Alfred seinem Schwager auf die Schulter. „Mensch du bist aber auch eine harte Socke, dir graust wohl vor nix, woll?"
„Jedenfalls habe ich jetzt eine ordentliche Unterlage. Ich werden den geizigen Waczolla arm saufen", meinte Roland zufrieden und orderte einen Asbach Uralt. „Denn wie heißt es doch gleich: Wenn einem so viel Gutes wiederfährt …", mit diesen Worten setzte er das Glas an und leerte es in einem Zug.
Er leerte im Laufe des Abends noch etliche Gläser und natürlich ließ er es sich nicht nehmen, die ‚Capri-Fischer' zum Besten zu ge-

ben, wobei es ihm mühelos gelang, die Stereoanlage und mit ihr Chris Norman & Suzi Quatro zu übertönen.

„Verdammt, Wieland, wenn du nicht gleich damit aufhörst, dann gehe ich nach Hause!" Lara würde sich wohl niemals an den Gesang ihres Gatten gewöhnen.

Roland verbeugte sich zu allen Seiten, denn es wurde aufs Heftigste applaudiert, was allerdings eher daran lag, dass jedermann froh war, die Gesangseinlage ohne größere Gehörschäden überstanden zu haben.

„Danke, danke, meine Lieben, doch nun beuge ich mich der Gewalt, denn mein Durst ist immer noch beträchtlich und ich möchte noch nicht nach Hause gehen."

Er nahm seine Lara in den Arm. „Komm her, du olle Meckerziege, wenn ich nicht singen darf, dann musst du eben mit mir tanzen."

Lara seufzte ergeben. „Aber versprich mir, dass du den Mund nur noch zum Reden aufmachst!"

„Los, jetzt wird getanzt", Elisa schob ihren Mann energisch auf die Tanzfläche. Zu ihrem Erstaunen ließ er sie gewähren.

„Oh Alfred, noch ein Tanz? Du erstaunst mich ab und zu wirklich." Verwundert über seine ungewohnte Tanzwilligkeit drehte sich Elisa im Kreis.

Ihr angeschwipster Gatte zog sie näher an sich. „Manchmal muss man seiner Frau eben eine Freude machen", nuschelte er.

Um Mitternacht wurde die Braut traditionsgemäß entschleiert. Auch hier ging Käthe leer aus, denn Schwiegermutter Waczolla warf sich schützend über den Tüll. Niemand wagte es, auch nur ans Zerreißen des Schleiers zu denken. Bald darauf erklärte der Bräutigam die Feier für beendet, die Gäste verabschiedeten sich. Bis auf unsere zwei Pärchen.

Entschlossen setzte sich Roland an die Theke. „Wir trinken noch einen auf das Brautpaar." Er klopfte auf den Hocker neben sich, „Schwägerin, setz dich zu mir."

Elisa kletterte auf den Hocker, während sich die Geschwister Gimpel im Hintergrund hielten.

„Ja, gut, einen noch, aber dann ist wirklich Schluss", der Wirt schien für heute genug zu haben, während Roland kein Ende fand.

„Wenn das so ist, dann noch einen für mich und meine Lieblingsschwägerin und du packst uns zehn Flaschen Bier ein, die trinken wir gemütlich zu Hause, natürlich auf Rechnung des Bräutigams."

Der Wirt grinste. „Den willst du aber mit aller Gewalt schädigen, was. Na gut, wird gemacht."

***

Während dieser Wirt ein richtig gutes Geschäft machte, ging es in einer anderen Gaststätte steil bergab. Das ‚Horster Eck' erwies sich auf lange Sicht doch nicht als Goldgrube. Eigentlich war es erstaunlich, dass Peter eine ganze Weile gut mit seiner Kneipe verdient hatte, was nicht zuletzt an seiner umgänglichen Art und an einer guten Portion Schlitzohrigkeit lag. Seine Vorpächter hatten schon viel früher das Handtuch geworfen, denn die Lage der Gaststätte war, inmitten eines verlotterten Straßenzuges, der immer mehr verfiel und von nicht gerade zahlungskräftigen Personen bewohnt wurde, nicht gerade förderlich für das Geschäft.
Peter gab nicht auf und als echter Jollenbeck mangelte es ihm niemals an Ideen. Video – das war die Technologie der Zukunft. Filme nicht mehr im Kino anschauen, sondern bequem zu Hause oder in der Stammkneipe. An günstige Fernsehapparate kam der findige Wirt mühelos, ein Videorecorder war auch schnell beschafft. Die neuesten Kinofilme bekam er kostenlos durch diverse Kontakte.
Bald war das ‚Horster Eck' der erste Video-Pub in Gelsenkirchen, wie der Wirt vollmundig verkündete. Er hatte nicht zu viel versprochen, denn es wurden regelmäßig brandneue Videofilme und Musikvideos vorgeführte. Wie

alle Neuheiten zog auch diese besondere Art der Filmvorführung alte und neue Gäste in die Gaststätte, sodass sich das Geschäft kurzfristig belebte.
„Der Pachtvertrag ist über fünf Jahre abgeschlossen worden, so lange muss ich unbedingt hier durchhalten", vertraute er seiner Schwester in einer stillen Stunde an. „Irgendwie muss es bis 1981 weiter gehen mit der Kneipe, aber dann habe ich endgültig die Nase davon voll und entscheide kurzfristig, was ich mache."
Carina, die nach wie vor mit ihm zusammenlebte, nickte zu allem. Irgendwie schien diese Frau durch nichts zu erschüttern zu sein. Sie war in diesem Jahr achtzehn geworden und ließ sich von ihrer Mutter schon lange keine Vorschriften mehr machen.

***

Auch Annerose brachte das neue Jahr kein Glück. Sie hatte wirklich, neben ihrer Bürotätigkeit, mit der langersehnten Fortbildung begonnen und war mit Feuereifer bei der Sache. Mario, der aus unerfindlichen Gründen nicht wollte, dass seine Frau sich beruflich entwickelte war damit gar nicht einverstanden. Da er immer noch auswärts beschäftigt war, bekam er allerdings nicht viel von Anneroses Aktivitäten mit. Das änderte sich schlagartig,

als er ein paar Wochen Leerlauf hatte. Plötzlich konnte es seiner Meinung nach nicht angehen, dass er die Abende allein zu Hause verbrachte, während seine Frau an ihrer Karriere bastelte. Kurzerhand verbot er Annerose derartige Aktivitäten.
„Schließlich rackere ich mich auf dem Bau ab, um genug Geld für uns beide heranzuschaffen. Du solltest lieber Kinder kriegen, zu Hause bleiben und vernünftig kochen lernen."
Annerose ließ sich von solchen und ähnlichen Argumenten nicht sonderlich beeindrucken, im Gegenteil. Je weniger ihr Mann davon erbaut war, umso eifriger lernte sie und stand schließlich kurz vor ihrer Abschlussprüfung.

Am Abend vor dieser Prüfung hatte sie noch lange mit einer Bekannten gelernt und kam einigermaßen erschöpft nach Hause. Bevor sie die Wohnungstür aufschließen konnte, wurde die von Mario aufgerissen.
„Wo kommst du her?" Drohend baute er sich vor ihr auf.
Annerose sah ihn müde an, eine Auseinandersetzung war das Letzte, was sie heute Abend gebrauchen konnte. „Ich habe dir doch gesagt, dass ich noch einmal lernen muss, schließlich ist morgen die Prüfung."

„Ach, und mit wem hast du gelernt? Überhaupt, warum kannst du das nicht hier zu Hause machen, wie sich das gehört?"
„Weißt du was, Mario, lass mich einfach in Ruhe. Ich habe keine Lust mir deinen Mist anzuhören", mit diesen Worten drängte sie sich an ihm vorbei und steuerte das Badezimmer an.
Sie kam nicht weit, denn Mario zog sie an den Haaren zurück. „So, das ist also Mist, was ich sage!", brüllte er. „Ich werde dir zeigen, was Mist ist!"
Er packte das Bügeleisen, das Annerose am Morgen benutzt, aber nicht weggeräumt hatte. „Das ist Mist, du räumst nicht anständig auf, du kochst nicht, was bist du für eine Schlampe …"
Weiter kam er nicht, denn Annerose trat ihm vor das Schienbein. Anschließend versuchte sie die Wohnungstür zu erreichen, was ihr nicht gelang. Mario war schneller, holte mit dem Bügeleisen, das er immer noch in der Hand hielt, aus, schlug kräftig zu. Annerose gab einen Schmerzenslaut von sich, schlug die Hände vor ihr Gesicht, um sie schnell wieder zurückzuziehen. Aus ihrer Nase quoll das Blut nur so heraus, während ihre linke Gesichtshälfte in Windeseile anschwoll.
Mario ließ das Bügeleisen fallen.

„Was hab' ich jetzt gemacht! Du bist selber schuld, wenn du mich auch immer so provozierst!"
Er beeilte sich, um Eis zum Kühlen zu holen. Während Annerose sich, immer noch vor Schmerz weinend, auf dem Wohnzimmersofa zusammenrollte, versuchte er die Blutung zu stoppen.
Nach einiger Zeit ließ der Schmerz etwas nach, Annerose setzte sich auf.
„... und ich gehe trotzdem morgen zur Prüfung", nuschelte sie, während sie vorsichtig ihre Nase befühlte.

***

Elisa ahnte von der ganzen Sache nichts, denn seit Annerose mit ihrer Fortbildung beschäftigt war, sahen sich die Freundinnen kaum noch, was Elisa im Moment ganz recht war. Sie hatte selber alle Hände voll zu tun. Es war ein Ereignis eingetreten, mit dem weder sie, noch sonst irgendjemand gerechnet hatte: Ihre Eltern trennten sich.
Eigentlich hatte sich Ilse von Kalle getrennt, was dieser nur widerwillig akzeptierte. Die Ehe der beiden war nie besonders glücklich gewesen. Es hatte immer Differenzen gegeben, an denen beide Eheleute beteiligt waren, aber in diesem Fall gab Elisa ihrer Mutter voll und ganz Recht.

Kalle hatte seine Frau immer wieder betrogen. Es gab zwei uneheliche Kinder, was Ilse resigniert hinnahm. Letztendlich hatte sie ihm seine Fehltritte verziehen und notgedrungen toleriert, dass Kalle über Jahre hinweg einen Teil des sowieso kärglichen Familieneinkommens abzweigt, um Alimente für einen seiner unehelichen Söhne zu bezahlen. Was blieb ihr auch übrig, schließlich drohten sonst der Gerichtsvollzieher und die Zwangsvollstreckung.

Vor einiger Zeit hatte Ilse einen mysteriösen Telefonanruf bekommen: Eine junge Frau fragte nach Karl Jollenbeck. Sie stellte sich als seine Tochter vor, die ihren leiblichen Vater endlich einmal kennenlernen wollte. Ilse, die zunächst völlig perplex war, erfuhr nach einigem hin und her, dass diese junge Frau die Tochter ihrer früheren Schulkollegin Paula war. Jener Paula, wegen der sie vor langer Zeit die Verlobung mit Kalle gelöst hatte.

Kalle, zur Rede gestellt, gab zu, dass er tatsächlich ein Verhältnis mit Paula gehabt hatte, während er mit Ilse verlobt war und dass es sich um seine Tochter handelte. Ilse schäumte zunächst einmal, ließ sich aber bald von ihrem untreuen Ehemann beruhigen. „Es ist doch alles schon so lange her, Ilsekind. Ich habe immer nur dich geliebt. Was hältst du von einer Versöhnungsreise nach Mallorca? Das Geld dafür treibe ich schon auf."

Kaum zurück von der Versöhnungsreise kam es zum nächsten Eklat. Das Pärchen saß nichtsahnend in einer Eisdiele in Gelsenkirchens Innenstadt, als Kalle von einer nicht unattraktiven Frau mittleren Alters angesprochen wurde.
„Mensch, bist du nicht der Kalle Jollenbeck?"
Kalle warf einen raschen Seitenblick auf Ilse, ehe er antwortete. „Ja, das bin ich in der Tat. Mit wem habe ich das Vergnügen?"
Wie sich herausstellte, handelte es sich auch in diesem Fall um eine Verflossene. Auch diese Dame hatte einen Sohn von ihm, der nur wenig jünger als Elisa war. Zu allem Überfluss trug der junge Mann den schönen Vornamen Karl. Ilse konnte es nicht fassen, nicht nur, dass Kalle fast zeitgleich sie und ihre beste Freundin geschwängert hatte; er hatte es in relativ kurzer Zeit geschafft, drei Kinder mit drei verschiedenen Frauen zu zeugen.
Zwischen den Eheleuten brach die Eiszeit aus. So sehr sich Kalle auch bemühte, Ilse sprach nur das Nötigste mit ihm und ignorierte alle seine Annäherungsversuche.
Zum Supergau kam es ein paar Monate später: Ilse, seit Jahren Mitglied in einem Damenkegelklub, fuhr mit ihren Kegelschwestern auf einen schon lange geplanten, mehrtägigen Ausflug. Kalle gefiel das gar nicht, denn obwohl er der Ehebrecher war, neigte er zu einer

krankhaften Eifersuchtshaltung. Ilse nahm ihn, um des lieben Friedens willen, häufig auf ihre Kegelausflüge mit. Das war gar nicht so ungewöhnlich, denn oft begleitete der eine oder andere Ehemann seine bessere Hälfte zum Kegeln oder auf Ausflüge. Dieses Mal bestand Ilse darauf allein zu fahren.
„Mal schauen, was sich ergibt! Männer wie dich gibt es genug, warum soll ich nicht auch ein bisschen Spaß haben", mit dieser Drohung verließ sie die Wohnung und ließ ihren Mann, wie beabsichtigt, in dumpfer Verzweiflung zurück. Wenn sie ihn nun wirklich betrügen würde? Er hatte in seinem Leben schon genug leichtfertige Frauen kennengelernt. Wenn sie nun Gleiches mit Gleichem vergalt? Mit diesen und ähnlichen Gedanken steigerte sich Kalle immer weiter in ein Szenario, in dem seine Ilse ihn mit jedem dahergelaufenen Kerl betrügen würde. Dass es sich bei diesem Kegelclub um biedere Damen im Rentenalter handelte, die ein derartiges Verhalten ihrer Kegelschwester niemals tolerieren würden, vergaß er kurzfristig. Der Höhepunkt bahnte sich an, als Ilse guter Dinge nach Hause kam. Sie fand einen völlig betrunkenen Ehemann vor, der ihr die schlimmsten Taten unterstellte und sie wüst beschimpfte.
Diese Szene brachte das Fass zum Überlaufen. Ilse nahm kurz entschlossen ihren noch nicht

ausgepackten Koffer und suchte Zuflucht bei ihren Kindern. Sie kam zunächst einmal bei Elisa und Alfred unter und schwor, nie wieder etwas mit Kalle zu tun haben zu wollen.

Elisa verstand die Welt nicht mehr und ihren Vater schon gar nicht. Sie hatte immer schon geahnt, dass er die Mutter betrog, aber die immer größer werdende Zahl seiner unehelichen Kinder konnte und wollte sie nicht tolerieren. Irgendwie kam sie sich selbst betrogen vor, sie konnte ihre Mutter mehr als gut verstehen. Also brach sie schweren Herzens jeden Kontakt zu ihrem Vater ab und machte sich daran, die Mutter tatkräftig zu unterstützen. Zunächst musste Ilse eine Wohnung finden und natürlich eine Arbeit, denn Kalles kleine Rente würde bei einer getrennten Haushaltsführung nicht reichen. Beide Probleme erledigten sich mit einem Schlag, denn Ilse bekam, durch ihren alten Bekannten und Arbeitgeber Broth, einen kleinen Tabakwaren- und Zeitschriftenladen angeboten, in dem auch Spirituosen und Bier verkauft wurden. Sie sollte diesen Laden eigenverantwortlich, aber als Angestellte führen. Zu dem Geschäft gehörte eine kleine Wohnung.
Jetzt musste nur noch der Umzug durchgeführt werden, was Ilse ihren Kindern überließ. Sie

brachte es nicht über sich, die eheliche Wohnung noch einmal zu betreten.
So managten Peter und Elisa den Umzug so gut es ging, teilten die Möbel und den Hausrat, bemühten sich, den Vater zu übersehen, der bekümmert in einer Ecke saß. Am liebsten hätte sich Elisa zu ihm gehockt, brachte es aber nicht über sich, denn sie war immer noch schrecklich wütend auf ihn.
Ilses neue Wohnung war bald hergerichtet. Irgendwann ging das Leben wenigstens halbwegs in Normalität über. Von ihrem Vater hörte Elisa wenig. Ein-, zweimal hatte Kalle seine Tochter angesprochen, war aber harsch von ihr abgefertigt worden und ging ihr seit dem aus dem Weg.
Ab und zu ließ er sich im ‚Horster Eck' blicken, jammerte über das Alleinsein. Peter, der sich komplett aus den Streitigkeiten der Eltern heraushielt, hörte sich die Litaneien an und zuckte mit den Schultern.
Zuweilen traf Kalle sich mit der zuletzt aufgetauchten ehemaligen Geliebten, der Mutter des nach ihm benannten Sohnes, doch obwohl diese Frau verwitwet war und ihn nur zu gerne bei sich aufgenommen hätte, ging er daran, sich eine kleinere Wohnung zu suchen. Wie der Zufall es so wollte, wurde just zu diesem Zeitpunkt ein passendes Objekt schräg gegenüber von Ilses Laden frei, Kalle schlug kurz

entschlossen zu. Nun wohnte er Auge in Auge mit seiner Exfrau, die nicht daran dachte, sich von ihm scheiden zu lassen.
Elisa betrachtete diese Entwicklung mit einigem Unbehagen. Sie bereute es insgeheim, nicht wie ihr Bruder gehandelt und sich komplett aus allen Streitereien herausgehalten zu haben.

Auch bei den Gimpels gab es schlechte Nachrichten. Käthe, die schon länger vermutete, dass ihr Ehemann an Diabetes litt, konnte Gustav aber nicht dazu bewegen, einen Arzt aufzusuchen. Alle Argumente prallten von ihm ab. Obwohl er die typischen Symptome eines viel zu hohen Blutzuckerspiegels zeigte, machte Gustav, wie alle Gimpel, einen großen Bogen um jede Arztpraxis.
„Die Quacksalber wollen einem nur das Geld aus der Tasche ziehen, hinterher ist man erst richtig krank", das war sein Hauptargument.
„So geht das nicht weiter, wenn der Papa pinkeln war, dann ist ein richtiger Zuckerrand in der Toilette", beschwerte sich Käthe lautstark anlässlich eines gemeinsamen Sonntagskaffees im Kreise ihrer Kinder und Schwiegerkinder. „Durst hat er auch immerzu, ich kann das Mineralwasser nur so anschleppen!"
„Na besser so, als wenn er immer Bier oder Schnaps trinkt", meinte Roland trocken.

Gustav brummelte zustimmend, seine Töchter kicherten wie üblich. Man ging zur Tagesordnung über. Lara, der einerseits warm war und die andererseits ihrem Vater einen Gefallen tun wollte, lenkte geschmeidig vom Thema ab. „Mach doch mal deinen neuen Ventilator an, Papa. Mir ist schrecklich heiß."
Gustav hatte sich das gute Stück vor einiger Zeit zugelegt, es glänzte unbenutzt auf dem Fernseher. Käthe schaute ihre älteste Tochter panisch an. „Wenn dir heiß ist, dann geh auf den Balkon, du doofe Kuh, und lass den Papa damit in Ruhe."
Auch Carmen, die Jüngste mischte sich ein. „Wirklich, mit ist eher kalt. Da muss der Ventilator nicht auch noch angemacht werden."
„Was ihr habt", Lara ließ nicht locker. „Du kannst den Ventilator ja direkt vor mir aufstellen, dann habe ich ein bisschen Kühlung und niemand sonst fühlt sich gestört. Auf dem Balkon ist es doch auch warm, schließlich haben wir heute über fünfundzwanzig Grad draußen."
Elisa hörte sich das Ventilator Palaver verwundert an. Probleme hatten die Leute! Allerdings dauerte es nicht lange, bis sie Käthes Panik nur zu gut verstand, denn Gustav stellte den Ventilator wirklich an.
Das Teil begann sich zu drehen, erst langsam, dann immer schneller. Plötzlich gab es ein

knatterndes Geräusch. Ein Flügel flog wie ein Geschoss an Gustavs Kopf vorbei, um mit einem lauten Knall vor die Balkontür zu donnern.

Gustav stand wie vom Blitz getroffen, während seine Frau loszeterte. „Da hast du's, du doofe Kuh. Deinetwegen ist der schöne Ventilator kaputt gegangen und Papa regt sich bloß auf!"

Papa lief langsam aber sicher knallrot an und holte tief Luft, während Alfred das Flügelgeschoss aufhob. Nachdenklich betrachtete er die Bruchstelle.

„… und wer von euch hat das Ding kaputtgemacht und anschließend angeklebt?", fragte er grinsend.

„Ähm, ich wollte ihn ja bloß angucken, da ist er mir runtergefallen", meldete sich Carmen kleinlaut.

„Ja, und ich habe ihn zusammengeklebt", das war Sylvia. Nicht ohne Stolz auf ihr Meisterwerk fuhr sie fort: „Das habe ich ja wohl fein hingekriegt, keiner hat etwas bemerkt."

Während er sich erschüttert hinsetzte, ließ Gustav die Luft aus den Lungen entweichen. Vorwurfsvoll schaute er seine Frau an. „Das hast du gewusst. Mir ist vor Schreck ganz schwindelig geworden."

„Na wenigstens ist die Balkontür heil geblieben", war die lakonische Antwort.

Einige Wochen später kam Gustav früher von der Arbeit nach Hause. Er klagte über Herzrasen und andauernde Schwindelanfälle, lehnte aber nach wie vor ab, einen Arzt zu konsultieren.
„Ich lege mich einfach ins Bett. Morgen ist alles wieder in Ordnung."
Natürlich war nichts in Ordnung. Ein paar Stunden später rief seine Frau einen Krankenwagen, denn Gustav war in eine tiefe Bewusstlosigkeit gefallen.
„Das ist ein hyperosmolares Koma, im Volksmund auch Zuckerkoma genannt", diagnostizierte der Arzt und Gustav blieb bis auf Weiteres im Krankenhaus.

„Das hat er nun davon! Ich habe ihn oft genug gewarnt", war Käthes Kommentar. „Er soll mal sehen, wie er mit seinem Diabetes klarkommt und er soll es nicht wagen weniger Geld nach Hause zu bringen."
„Aber wenn er wieder zu Hause ist, musst du doch sicher eure Ernährung umstellen, insofern wirst du dich doch mit seiner Krankheit befassen müssen", wagte Elisa einen zaghaften Einwurf. Sie fand, dass ihre Schwiegermutter froh sein konnte, dass ihr Mann noch lebte. Die Höhe seines zukünftigen Gehaltes sollte zunächst einmal eine untergeordnete Rolle spielen, aber das wagte sie nicht laut zu sagen.

Käthe lief rot an. „Ich bin gesund und werde auf nichts verzichten. Als die Kinder klein waren, konnten wir uns nichts leisten, jetzt haben wir Geld. Ich werde nicht extra für ihn meine Ernährung umstellen oder anders kochen. Schließlich ist er doch selber schuld an allem."

Elisa sah erst ihre Schwiegermutter und anschließend Alfred ungläubig an. Konnte der Sohn solch harsche Worte seiner Mutter wirklich überhören, selbst wenn er ein gestörtes Verhältnis zu seinem Vater hatte und seine Mutter über alles liebte?

Alfred zuckte uninteressiert mit den Schultern. „Wie du meinst, Mutti!"

Wirklich bekam Gustav den Diabetes nie richtig in den Griff. Während seiner zahlreichen Krankenhausaufenthalte wurde er vernünftig eingestellt. Sobald Gustav längere Zeit zu Hause war, schnellte der Blutzuckerspiegel in die Höhe. Bald reichte die Einnahme von Insulin in Tablettenform nicht mehr, er musste zum Spritzen übergehen.

Seine Schwester Berta, die selbst seit langer Zeit an Diabetes litt, machte ihrer Schwägerin schwere Vorwürfe. Sie war der Meinung, dass Käthe ihren Mann nicht unterstützen und auch nicht für eine vernünftige Ernährung sorgen würde. Gustav selbst stand seiner Krankheit

hilflos gegenüber. Er aß weiterhin alles, was seine Frau ihm vorsetzte. Nur sonntags, wenn Käthe sich zum Nachmittag ein Stück Sahnetorte einverleibte, mümmelte er an einem trocken Rosinenbrötchen.
Die Schwägerinnen gerieten sich fürchterlich in die Haare. Hinfort wechselte Käthe kein Wort mehr mit Gustavs Schwester und verbot ihren Kinder, die Tante einzuladen. Lediglich Elisa, der die gemütlich-dicke Berta sehr sympathisch war, hielt sich nicht an dieses Verbot, sondern lud sie weiterhin zu allen Geburtstagen ein. Das führte dazu, dass Käthe demonstrativ allen Anwesenden die Hand schüttelte, ihre Schwägerin aber übersah und sie so weit es ging aus allen Gesprächen ausschloss.
Alfred versuchte, sich aus diesem Dilemma herauszuhalten. Da er eingesehen hatte, dass er seine Frau in diesem Fall nicht umstimmen konnte, sprach er zwar in Abwesenheit seiner Mutter mit Tante Berta, verstummte aber abrupt, sobald Käthe den Raum betrat.
Die so Gemiedene ließ sich die gute Laune nicht vermiesen. Sie kam weiterhin zu allen Geburtstagen, zu denen sie eingeladen wurde.

***

Annerose hatte ihre Prüfung tatsächlich erfolgreich absolviert, trotz einer angebrochenen Nase und erheblicher Blutergüsse im Gesicht.

Sie ließ sich von den befremdlichen Blicken der Prüfer nicht abschrecken, sondern erklärte, sie wäre unglücklich gestürzt.

Mario arbeitet bald wieder auswärts. So konnten sich die Ehepartner erst einmal aus dem Weg gehen, wobei Mario sich nicht besonders reumütig gab. Er war der Meinung, dass seine Frau ihn provoziert hätte.

Elisa hörte mit Entsetzen, was sich abgespielt hatte und versuchte die Freundin wieder einmal zu überreden sich endlich scheiden zu lassen. Langsam bekam sie es wirklich mit der Angst zu tun. Was, wenn Mario einmal völlig der Beherrschung verlieren würde.

Annerose schüttelte stur den Kopf. „Wenn ich mich scheiden lasse, dann verliert er total die Kontrolle über sich, wer weiß, was dann passiert und wer weiß, was er meinen alten Eltern antun würde."

„Aber Anne, wie soll es denn weitergehen? Eines Tages wird er sowieso nicht mehr wissen, was er tut. Wenn du so viel Angst hast, dann zieh kurzfristig bei uns ein und wende dich an die Polizei."

Alle Überredungsversuche scheiterten kläglich, Annerose ließ sich nicht überzeugen.

„Du wirst noch an meine Worte denken", gab Elisa schließlich resigniert auf. „Bitte, versprich mir wenigstens, dass du dich bei mir meldest, wenn wieder eine solche Situation wie letztens eintritt."

***

„Du wirst die Wechsel jetzt unterschreiben, sonst kannst du etwas erleben", Mario schüttelte drohend die Fäuste.
„Wozu willst du uns so hoch verschulden, du hast doch ein fast neues Auto. Ich will das nicht und ich unterschreibe nichts."
Diese Debatte dauerte schon eine geraume Weile. Mario wurde immer ungeduldiger, während seine dickköpfige Frau sich permanent weigerte, irgendeine Unterschrift zu leisten.
Er wollte diesen Camaro haben. Seit seiner Ausbildung zum Autoschlosser war es sein Traum einen Chevrolet zu fahren. Dieser Traum schien jetzt in greifbarer Nähe zu sein. Wenn dieses sture Weib nur endlich unterschreiben würde. Er holte aus und schlug ihr unvermittelt ins Gesicht.
Annerose blitzte ihn an. „Du kannst mich totschlagen, ich werde nichts unterschreiben!"
In Marios Gesicht machte sich langsam ein böses Lächeln breit.
„Das werden wir dann sehen …"
Anneroses Vater klingelte an ihrer Haustür. Das war wirklich merkwürdig; seine Tochter, normalerweise eine ausgesprochene Frühauf-

steherin, erwartete ihn sonst schon mit einer Tasse Kaffee, wenn er in aller Herrgottsfrühe mit der druckfrischen Tageszeitung vorbei kam. Er besserte seine Rente auf, indem er Zeitungen austrug, und brachte seiner Tochter jeden Morgen die Westdeutsche Allgemeine Zeitung. Er klingelte wieder. Als keine Reaktion erfolgte, tastete er besorgt nach dem Hausschlüssel. Gut, dass er so umsichtig gewesen war und sich bereits bei Fertigstellung des Hauses einen eigenen Schlüsselsatz besorgt hatte. Man konnte ja nie wissen, was das Jungvolk so anstellen würde!
Ja, das war der richtige Schlüssel. Bedächtig öffnete er erst die Haus- und anschließend die Wohnungstür, um erschreckt zurück zu fahren. Blut ... der ganze Korridor war voller Blut.
‚Einbrecher', war sein erster Gedanke. Er unterdrückte die aufkeimende Panik und betrat die Wohnung. Aus der Küche klang gedämpftes Stöhnen. Er beeilte sich, um in den Raum zu kommen.
Das Bild, das sich ihm bot, war grauenhaft. Seine Tochter lag, böse zugerichtet auf dem Fußboden, um sie herum eine Blutlache. Sie hielt sich krampfhaft den Oberschenkel, aus dem der Griff eines Küchenmessers ragte.
„Vati", murmelte sie erleichtert, um dann in krampfhaftes Schluchzen auszubrechen.

Er nahm seine Tochter in den Arm. „Ich bin ja da, jetzt kann dir nichts mehr passieren, ich rufe einen Krankenwagen und die Polizei."

Elisa stürmte in das Krankenzimmer, schloss die Freundin ungestüm in die Arme, was diese veranlasste, einen Jammerlaut von sich zu geben. Erschrocken ließ Elisa die Arme sinken und betrachtete Annerose genauer. Sie mochte gar nicht hinsehen, so bunt und blau geschlagen war ihre Freundin. Um den Oberschenkel hatte sie einen dicken Verband.
„Ja, ich weiß, wie ich aussehe. Das Schwein hat stundenlang auf mich eingeprügelt. Er wollte sich ein neues Auto kaufen und ich sollte die Wechsel unterschreiben. Das habe ich aber erst getan, als er mir ein Küchenmesser in den Oberschenkel gerammt hatte. Anschließend hat er mich liegen lassen und ist aus der Wohnung gestürmt. Wahrscheinlich hat er gehofft, dass ich verblute. Das wäre ich auch, wenn mein Vater nicht im letzten Moment vorbeigekommen wäre."
Elisa fehlten die Worte. Sie schluckte krampfhaft und versuchte zu lächeln. „Gott sei Dank, dass dein Vater dir immer die Zeitung vorbeibringt und geistesgegenwärtig genug war, sofort einen Krankenwagen zu rufen. Weißt du wo…", sie zögerte den Namen auszusprechen.
„Wo Mario ist meinst du? Abgehauen, kurz

nachdem mein Vater mich ins Krankenhaus begleitet hat ist er aufgetaucht um alles einzupacken, was nicht niet- und nagelfest ist. Mein Vater erfuhr das von einer wohlmeinenden Nachbarin. Scheinbar hat mein sauberer Ehemann sämtliche Möbel mitgenommen."

Wie sich später herausstellte, war das nur die Spitze des Eisbergs. Mario kam tatsächlich kurz nach Annes Einlieferung ins Krankenhaus wieder und räumte die Wohnung komplett leer. Anschließend leerte er sämtliche Konten und überzog sie so weit es ging. Hinzu kam, dass er das Verhältnis mit Anneroses Schwester Rosemarie nie beendet hatte, er tat sich jetzt mit ihr zusammen. Als Annerose das Krankenhaus verließ, stand sie buchstäblich vor dem Nichts und musste ganz von vorne anfangen.

Doch jetzt ahnte sie noch nichts von den Ausmaßen des Betruges, den Mario an ihr beging, traute ihm das, trotz allem, nicht zu.
„Ich werde keine Anzeige gegen ihn erstatten. Eigentlich bin ich froh, dass er weg ist. Ich will ihn nie mehr sehen. Soll er von mir aus die Möbel behalten, sie würden mich sowieso nur an ihn erinnern. Sobald es möglich ist, werde ich mich in aller Stille scheiden lassen. Dann möchte ich einfach meine Ruhe haben!"

Elisa musterte die Freundin einen Augenblick. „Einerseits ist es ungeheuerlich, dass dieses brutale Arschloch davonkommt, andererseits kann ich dich gut verstehen. Du hast Angst, nicht wahr?"
Annerose brachte ein schiefes Grinsen zustande und nickte unmerklich.
„Bitte, ich möchte jetzt nicht weiter darüber sprechen. Was sagt denn Alfred zu der Geschichte?"
Wieder schluckte Elisa. Sie hatte sich mit Alfred wegen der Affäre furchtbar gezankt, denn der versuchte seinen Freund zu entschuldigen, was Elisa nicht nachvollziehen konnte.
„Mit Alfred habe ich noch gar nicht richtig darüber gesprochen", log sie, weil sie sich für ihren Mann schämte und die Freundin nicht weiter aufregen wollte. „Als dein Vater anrief, habe ich gleich alles stehen und liegen gelassen, um hier herzukommen."
Das wiederum entsprach der Wahrheit.
„Aber ich kann mir nicht vorstellen, dass Alfred Kontakt zu Mario hat", fügte sie sicherheitshalber hinzu.

1980

Es war kurz nach Mitternacht. Wie so oft an Sylvester hatte sich Elisa in eine ruhige Ecke zurückgezogen, um den Jahreswechsel auf ihre ganz eigene Art zu begehen. Sie nippte an ihrem Sektglas, schaute dem Feuerwerk über Gelsenkirchen zu und war ganz in Gedanken versunken.

1980 – ein neues Jahrzehnt war angebrochen. Was würde es ihr und ihren Lieben bringen? Sie erhoffte sich so viel.
Im Laufe dieses Jahres würden sie und Alfred sich einen Traum erfüllen: eine eigene Wohnung. Sicher, es war eine gebrauchte Immobilie und ihr Budget war damit völlig ausgeschöpft. Trotzdem würde die Eigentumswohnung ihnen irgendwann gehören und vielleicht, in ferner Zukunft, könnten sie sich einmal ein Häuschen leisten. Der neue Wohnort befand sich zwar immer noch im Ruhrgebiet, würde aber etliche Kilometer weit weg von Alfreds Eltern sein.
Elisa hoffte inständig, dass er weit genug aus dem Dunstkreis von Alfreds unmöglicher Übermutter liegen möge und Käthe so nicht mehr die Möglichkeit haben würde, sich in alles und jedes Detail ihrer Ehe einzumischen. Hinzu kam, dass Elise ein langes Gespräch mit

ihrem Mann geführt hatte, denn ihr Kinderwunsch war inzwischen übermächtig geworden. Auch hier hoffte sie insgeheim, dass ein Baby das Verhältnis zwischen ihr und Alfred verbessern würde, dass sie eine kleine glückliche Familie haben könnte.
Umso überraschter war sie, als der Vater in spe sich völlig verweigerte.
„Aber Alfred wäre das nicht schön, wenn du einen Sohn hättest …"
„Nein!"
„… der mit dir Fußball spielen will, oder basteln …"
„Nein!"
„… der dich lieb hat und Papa zu dir sagt!"
„Nein!!!"
„Na gut, basteln tu ich dann mit ihm!" Elisa gab so schnell nicht auf.
„Ich will überhaupt keine Kinder, weder Söhne noch Töchter. Kinder sind teuer und sie machen nichts als Lärm, Dreck und Ärger."
Jetzt wurde Elisa ernst. „Das würde dein Vater sagen, nicht du. Das kannst du doch nicht wirklich glauben und das ist nicht deine wahre Meinung."
„Ich möchte wirklich keine Kinder, das ist sehr wohl meine wahre Meinung, das weißt du ganz genau", nachdenklich setzte er hinzu. „Du möchtest unbedingt ein Baby, nicht wahr."

„Ja, Alfred. Ich kann mir auf lange Sicht eine Ehe ohne Kinder nicht vorstellen und ich denke, dass wir nicht zusammenbleiben werden, wenn das wirklich dein Ernst ist."
Eine Weile schaute Alfred seiner Frau fest in die Augen, dann seufzte er resigniert.
„Na ja, du kannst vielleicht erst einmal die Pille absetzen, bei den meisten Pärchen dauert es noch eine ganze Weile, bis es klappt. Oft sogar Jahre oder sie können überhaupt keine Kinder bekommen", das klang schon wieder hoffnungsvoll.

Alfreds Hoffnung erwies sich als trügerisch. Elisa setzte die Pille ab und war im nächsten Monat bereits schwanger. Noch hatte sie ihren Gynäkologen nicht aufgesucht, sie fieberte dem Termin in der ersten Januarwoche entgegen. Zaghaft fasste sie sich an den Bauch. Eigentlich wusste sie auch ohne Doktor, dass sie ein Kind trug. Sie fühlte sich einfach schwanger und glücklich.
Allerdings gab es einen Wermutstropfen, denn wie gerne hätte Elisa zum Jahreswechsel mit ihrer besten Freundin angestoßen.
Annerose, das war so ein Kapitel. Eigentlich hatte sich Mario von ihr getrennt und nicht anders herum. Er lebte jetzt mit Rosemarie zusammen. Anne zog, kaum aus dem Krankenhaus entlassen, die Konsequenzen und

reichte die Scheidung ein. Elisa versuchte sie so gut es ging zu unterstützen.
Doch in letzter Zeit war Annerose kurz angebunden und komisch gewesen. Irgendwann stieß Elisa das Verhalten so übel auf, dass sie ihre Freundin zur Rede stellte. Das Gespräch entwickelte sich zu einem derben Streit, der ihr immer noch auf der Seele lag.
Im Laufe der Aussprache hatte Anne behauptet, dass Alfred ihr, anlässlich eines Telefongespräches, jeglichen Kontakt mit seiner Frau verbot habe. Er hätte behauptet in Elisas Namen zu sprechen und Annerose mitgeteilt, dass sie der Freundin und ihm zum Halse heraushänge. „Wir können dein ständiges Gewimmer und Gejammer nicht mehr ertragen."
Ein paar Tage später, so behauptete Annerose weiter, wäre Alfred bei ihr aufgetaucht, um ihr Avancen zu machen, die sie auf das Heftigste zurückwies.
Elisa war zunächst einmal völlig sprachlos. Sie konnte nicht glauben, was die Freundin ihr erzählte. Alfred sollte eine derartige Schuftigkeit begangen haben? Der Vater ihres ungeborenen Kindes? Nein, das durfte und konnte nicht sein! So fertigte Elisa ihre Freundin mit heftigen Worten ab und verließ türenschlagend die Wohnung.
Natürlich stritt Alfred ab, sich Annerose gegenüber jemals derart aufgeführt zu haben.

„Ich habe dir doch immer gesagt, dass die Alte total bescheuert ist. Erst hat sie den armen Mario in den Wahnsinn getrieben, jetzt versucht sie unsere Ehe auseinander zu bringen. Das macht sie nur, weil sie neidisch auf dich ist. Gerade jetzt, wo wir beschlossen haben ein Kind zu bekommen, wirst du doch wohl nicht auf das missgünstige Weib hören."
Elisa überhörte den ‚armen Mario' und gab Alfred insgeheim mit allem anderen Recht. Vielleicht war Annerose wirklich neidisch auf ihre halbwegs funktionierende Ehe.
Jedenfalls herrschte seit diesem Vorfall Funkstille zwischen den Freundinnen. Wenn Elisa die Auseinandersetzung auch längst bereute, so mochte sie doch nicht den ersten Schritt machen. Schließlich hatte Annerose ihren Alfred aufs Übelste verleumdet. So konnte sie sich auch als Erste wieder melden, um sich zu entschuldigen.
Elisa schüttelte die trüben Gedanken ab und betrat fröstelnd das ‚Horster Eck'. Wenigstens bei den Jollenbecks schien es wieder aufwärts zugehen.
Die Idee, aus der Kneipe ein Video-Pub zu machen trug Früchte. Peter und Carina kamen wieder einigermaßen über die Runden. Allerdings wollte Peter den Pachtvertrag nach Ablauf nicht verlängern. Er hatte es sich in den

Kopf gesetzt, ein Fuhrunternehmen zu gründen.

„Ich fange mit einem Transporter an, ziehe mir jede Menge Aufträge an Land und werde richtig viel Geld machen, du wirst schon sehen", erklärte er seiner verblüfften Schwester, die sich stark an ihren Vater erinnert fühlte. Auch Kalle hatte vor Jahren seinen Traum als Fuhrunternehmer ausgelebt und war damit baden gegangen, wie mit allen seinen unternehmerischen Aktivitäten.

Unwillkürlich schaute sie zu ihren Eltern, die ganz allein an einem Tisch saßen und Händchen hielten. Kalle war nicht nur in die Wohnung vis á vis von Ilses neuem Zuhause gezogen, er hatte sich zudem sehr ins Zeug gelegt, um sie zurückzugewinnen.

Er, der seiner Frau zur Silberhochzeit Nelken geschenkt hatte, weil Rosen ihm zu teuer erschienen, stand plötzlich mit einem dicken Strauß roter Rosen vor ihrer Tür. Er bombardierte sie mit Essenseinladungen und besorgte Theaterkarten, obwohl er sich während der Aufführung und im dunklen Anzug sichtlich unwohl fühlte. Als Ilse eine Brille verordnet bekam, lief er nur noch mit seiner Lesebrille auf der Nase herum, um so seine Solidarität zu bekunden.

Unter dieser Dauerbelagerung bröckelte die Festung nach und nach.

Eines Tages, als Elisa unerwartet zu Besuch bei ihrer Mutter erschien, saß Kalle gemütlich am Küchentisch, den Mund voller Blumenkohl und ein dickes Kotelett vor sich auf dem Teller. Er grinste seine Tochter verlegen an, soweit das mit dem vollen Mund möglich war.
Elisa wusste nicht, was sie sagen sollte.
„Nicht das du denkst ich wohne jetzt hier", Kalle hatte schnell geschluckt und meldete sich zu Wort. „Deine Mutter war nur so freundlich, mir eine warme Mahlzeit zukommen zu lassen."
„Ja, dein armer Vater wird immer dünner, das kann ich nicht mehr mit ansehen." Auch Ilse schaute verlegen drein.
„Ist schon gut, aber ihr hättet mich wenigstens vorwarnen können." Eigentlich war Elisa erleichtert, dass alles wieder ins Lot rückte.

Jetzt jedenfalls turtelten ihre Eltern herum, als wenn sie sich eben erst kennengelernt hätten. Na ja, vielleicht kam das der Wahrheit ziemlich nahe …

***

Ein paar Tage später hatte Elisa den sehnlichst erwarteten Termin bei ihrem Gynäkologen, der ihre Vermutung bestätigte.
„Herzlichen Glückwunsch, sie erwarten ein Baby!"

Als Elisa die Praxis verließ, glaubte sie auf rosa Zuckerwattewolken zu gehen.

Zu Hause angekommen fiel sie Alfred um den Hals. Der werdende Vater schaute sie prüfend an und seufzte tief.
„Ich habe es mir fast gedacht", sagte er dumpf. „Du kriegst wirklich ein Kind."
Dann schwieg er eine lange Zeit, während Elisa sich an die Essenszubereitung machte. Schließlich kam er zu ihr in die Küche und nahm sie in den Arm.
„Das hätte ich gleich wissen müssen, wenn du etwas wirklich willst, dann kriegst du es immer ..."
Elisa lächelte ihn an.

„Eben", sagte sie.

Wie üblich muss ich erst einmal **DANKE** sagen.
Alan, ohne dich geht nichts, aber das weißt du ja. Sven & Johannes, eure Toleranz ist grenzenlos, danke dafür. Last, but not least möchte ich mich bei den Akteuren der „Gelsenkirchener Geschichten" bedanken. Sie haben mir so manche Frage beantwortet. Leute, ihr habt ein tolles Forum auf die Beine gestellt!

Dank auch an alle Gimpels, Wielands, Wuttkes, Waczollas und Kosoloswkys dieser Welt. Ohne sie wäre das Leben weniger bunt …
… und überhaupt – was wäre die Welt ohne die Jollenbecks!

Wichtig:
Jede Ähnlichkeit mit lebenden oder verstorbenen Personen oder Persönlichkeiten ist selbstverständlich nicht gewollt und rein zufällig.

Angie Pfeiffer, wurde 1955 in Gelsenkirchen geboren. Sie schreibt Unterhaltungsliteratur in Form von Romanen und Kurzgeschichten für Erwachsene sowie Kinderbücher. Sie hat Romane, E-Books und zahlreiche Kurzgeschichten in Anthologien, Literaturzeitschriften und der Tagespresse veröffentlicht.

Home: angie-pfeiffer.com

Bücher:

Ruhrpottklüngel
Kindheit und Jugend im Herzen des Ruhrgebiets

Ruhrpott Pärchen
Leben und lieben zwischen Emscher und Rhein-Herne-Kanal

Ruhrpottherzen
ein Roman über Macker und Tussis, Döppken und Blagen, Hallas und Halligalli.

Ruhrpottabschied
Männersuche per Internet

Lieben lernen
Alle vier Romane in einem Band

@Mail Verkehr
Roman
Eine humorvolle Liebesgeschichte in E-Mail Form

Relativ verliebt - Liebe online
Roman
Liebe per Internet

Wie lange ist für immer?
30 Kurzgeschichten rund um das Ver - und Entlieben.

Liebesbriefe
Briefe für ganz besondere Menschen

Dackel Murphys Abenteuer
Ein Roman für große und kleine Tierfreunde

Ein Dackel namens Murphy
Ein Roman für Dackelfans, Hundelfreunde, Katzenliebhaber und tierliebe Menschen

Insel über dem Wind
Spannende, wissenswerte und amüsante Kurzgeschichten rund um das Verreisen

Lustig bei heiter
22 Kurzgeschichten, die zum Schmunzeln, Lächeln oder Lachen verleiten.

Das Buch des Lebens
In der Kürze liegt die Würze, Gedichte, Gedanken, Kurzgeschichten

Menschen(s)kinder
Geschichten über große und kleine Kindern. Von großer Freude und kleinen Kümmernissen. Von mittleren Katastrophen und bewegenden Momenten.

Küsse niemals einen Frosch
Märchenhafte Geschichten

Sieben Leben
Krimis und fantastische Geschichten

Kinderbücher

Wim, der Wumpel
... oder der Kobold aus der Schublade

Flockes Abenteuer
Flocke sucht das Land über dem Regenbogen

Kein Weihnachtsgeschenk für Tim und Kathi
Tim und Kathi besuchen die Märchenwiese

Wer rettet den Wald
Der Hüter des Waldes wird krank,
kann die kleine Fee Lichtlein helfen?